U0621761

韩东坡/主编

唐诗宋词元曲精编

【第一卷】

辽海出版社

图书在版编目（CIP）数据

唐诗宋词元曲精编 / 韩东坡主编. — 沈阳：辽海
出版社, 2020.3

ISBN 978-7-5451-5703-1

Ⅰ.①唐… Ⅱ.①韩… Ⅲ.①唐诗—鉴赏②宋词—鉴
赏③元曲—鉴赏 Ⅳ.①I207.227.42②I207.23

中国版本图书馆CIP数据核字(2020)第040741号

责任编辑：柳海松
装帧设计：李 荣
责任校对：丁 雁
出 版 者：辽海出版社
　　　　　地址：沈阳市和平区十一纬路25号
　　　　　邮政：110003
　　　　　电话：024-23284473
　　E-mall：dszbs@mail.lnpgc.com.cn
　　　　　http://www.lhph.com.cn
印 刷 者：德富泰（唐山）印务有限公司
发 行 者：辽海出版社
成品尺寸：150mm×220mm
印 　张：60
字 　数：972千字
出版时间：2020年5月第1版
印刷时间：2020年5月第1次印刷
定 　价：698.00元

前　言

现实生活中充满了庞杂无效的信息。今天，一个人能否成功，很大程度上取决于他对有效信息的选择能力。而书籍正是有效信息的最佳载体。所以，一位伟人曾经说过："书籍本身不可能改变世界，但是读书可以改变人生，人可以改变世界。"

唐诗在启蒙教育、培养人们的审美感受、陶冶审美趣味等方面发挥着不可忽视的作用。本书的诗，既侧重李白、杜甫、王维、李商隐等一流诗人的代表作，也酌情收入不知名作者的佳作，这些诗作或慷慨激昂，或哀怨悲歌，或沉郁顿挫，范围相当广泛，且又脍炙人口，符合"雅正""中正和平"的诗教要求。

宋词乃中国词史上的艺术巅峰，几百年来，一直以自己丰富的情思意蕴和独特的艺术魅力，为广大读者所喜爱。宋词之美，在于其情思细腻、比兴婉曲和境界朦胧。说到诗词之别，要之可谓诗庄而词媚、诗境阔而词言长。本书的词是宋词中的经典之作，得各家所长，查缺补漏，进行详尽的注释和精辟的评述，将帮助读者更好地领略宋词的迷人风采，使读者得到更多的人生体验和美的陶冶。

元曲被誉为与唐诗、宋词鼎足而立的又一高峰,元曲是盛行于元代的一种文艺形式,包括杂剧和散曲。元曲是中华民族灿烂文化宝库中的一朵绚丽的花朵,它在思想内容和艺术成就上都体现出了独有的特色,因而成为我国文学史上一座重要的里程碑。同时,作为一种成熟的戏剧,它在内容上不仅丰富了很多民间传唱的故事,而且广泛地反映了当时的社会现实,成为广大人民群众最喜爱的文艺形式之一。

中国是一个诗词曲的国度。几千年来,古诗词以其简练的语言、和谐的音韵、绝妙的境界表现着各个时期如画的风景、多彩的生活、丰富的人生以及深刻的哲理。读者可以与浪漫不羁的李白、沉郁悲愤的杜甫、旷达豪爽的苏轼、婉约凄清的李清照等名家进行心灵上的沟通,感受"天生我材必有用,千金散尽还复来"的坚定乐观,"会当凌绝顶,一览众山小"的壮志豪情,"但愿人长久,千里共婵娟"的缱绻缠绵,以及"寻寻觅觅,冷冷清清,凄凄惨惨戚戚"的清冷孤寂……

本书精心遴选了数百篇"最美"诗词曲,几乎囊括了中国古代诗词曲史上各个时期最杰出的诗词作品,为读者带来别具一格的美的感受。

目　录

唐 诗 篇

唐诗宋词元曲精编

13

宋 词 篇

唐诗宋词元曲精编

唐诗宋词元曲精编

元 曲 篇

揭秘唐诗的审美艺术

唐诗宋词的文化与历史

浅谈诗词歌赋

唐诗篇

感遇·其一

张九龄

兰叶春葳蕤^①，桂华秋皎洁。
欣欣此生意^②，自尔^③为佳节。
谁知林栖者，闻风^④坐^⑤相悦。
草木有本心，何求美人^⑥折？

【注释】

①葳蕤：枝叶茂密的样子。

②生意：生气勃勃。

③自尔：自然而然。

④闻风：指仰慕兰桂高洁的风度气节。

⑤坐：因此。

⑥美人：引申为君王。

【鉴赏】

春天，兰叶繁盛芬芳；秋天，桂花皎洁飘香。春兰秋桂如此欣欣向荣，生机盎然，春天自然而然成为十分美好的季节。那些隐居山林的人，十分仰慕兰桂的风度气节，并以之自喻，与之相对令人欢悦。春兰秋桂的高雅清香出于自然，是其天性，兰桂荣而不媚，何须欣赏者前来攀折？

诗人气节清高，自比兰桂，孤芳自赏，恬淡从容的超脱情怀跃然纸上。

感遇·其二

张九龄

江南有丹橘，经冬犹绿林。
岂伊地气暖，自有岁寒①心。
可以荐②嘉客，奈何阻重深③。
运命唯所遇，循环不可寻。
徒言树④桃李，此木岂无阴⑤。

【注释】

①岁寒：孔子有"岁寒然后知松柏之后凋也"语。后人常用其比喻砥砺节操。

②荐：进献。

③阻重深：道路重重阻塞。

④树：种植。

⑤阴：同"荫"。

【鉴赏】

江南有红橘树，历经寒冬依然郁郁葱葱。这岂止是地气暖和之故，更是因其自身具有凌寒傲霜的节操。进献嘉宾，红橘是当之无愧的佳品，无奈山水阻隔，路途遥远，无法送达，正如诗人空有贤德，却不被人赏识。四季循环，不可追寻；命运无常，只能随遇而安了。世人偏爱栽桃种李，其实红橘树不仅果实可以款待嘉宾，而且四季不凋，绿树成荫，哪一点不如桃李呢？

读此诗，自然想到屈原之《橘颂》赞美橘树"苏世独立，横而不流"的品格。诗人谪居江陵，该地正是橘之产区。于是借彼丹橘，喻己贞操。桃李媚时，丹橘傲冬，邪正自有分别。

倘若诗人官运亨通，断无此华章传世。正所谓"文章千古事，仕途一时荣"。

下终南山①过斛斯山人②宿置酒

李 白

暮从碧山下，山月随人归。
却顾所来径，苍苍横翠微③。
相携及田家，童稚开荆扉。
绿竹入幽径，青萝拂行衣。
欢言得所憩，美酒聊共挥④。
长歌吟松风⑤，曲尽河星稀。
我醉君复乐，陶然共忘机⑥。

【注释】

①终南山：秦岭著名的山峰，在今陕西省西安市南。

②斛斯山人：隐居山中的一位名士，李白的好友。

③翠微：青翠的山坡。

④挥：举杯。

⑤松风：指古乐府《风入松》曲，也可作歌声随风入
松林解。

⑥机：世俗的心机。

【鉴赏】

　　已是黄昏时分，暮色苍苍，山头的月儿随我下山，回望所走过的山间小道，青翠掩映，云雾弥漫。与友人携手到他在田野山村的家，小童闻声打开了柴门。穿过绿竹掩映的幽静小道，一路上悬吊的藤蔓轻拂衣裳，好一个清幽休闲之地。与友人举杯畅饮，欢声笑语，好不惬意。乘着酒兴放声高歌，歌声随晚风飘入松林。兴尽曲终之时，已是夜阑星稀。我已不胜酒力，友人还欣然得意，如此闲适快乐，早已忘却世间的心机。

　　李白此间在长安供奉翰林，虽说不上春风得意，但也是心情舒畅，心中少了以往那些怀才不遇的不平，也算是实现了其"仰天大笑出门去，我辈岂是蓬蒿人"的抱负。然而，李白才高八斗，倜傥不群，不肯阿谀媚俗，自然与朝中权贵难以同流，官场上尔虞我诈、钩心斗角、机关重重，自然与李白的秉性格格不入。李白觉得在朝中做官很累，于是，出长安到终南山寻访友人。不少隐士居于终南山，李白终南山访友，在其灵魂深处是寻找一种慰藉、一份平和。与友人相携欢言，置酒共挥，陶然忘机，暂时忘却官场上的投机狡诈、明争暗斗，这都是作者真情实感的流露。既要世俗的名利，又要内心的自由，鱼和熊掌焉可兼得？

月下独酌

李　白

花间一壶酒，独酌无相亲。

举杯邀明月，对影成三人[①]。

月既不解饮，影徒随我身。

暂伴月将[②]影，行乐须及春。

我歌月徘徊，我舞影零乱。

醒时同交欢，醉后各分散。

永结无情[③]游，相期[④]邈云汉[⑤]。

【注释】

①三人：即我、明月、身影。

②将：偕、和。

③无情：忘情、尽情的意思。

④相期：相约。

⑤云汉：天河，这里指天上。

【鉴赏】

　　一轮孤月独照，我在花丛之间摆下美酒一壶。自斟自饮，没有知音作陪，只得举杯邀明月同饮。面对明月和自己的身影，恰成三人共饮。

　　可是月亮并不懂得我心中的郁闷，虚幻的影子也只是徒然跟随，并不解其中滋味。暂且以明月和影子为伴，趁美好春光，及时行乐。我唱起歌，明月在空中徘徊不前；我跳起舞，影子随我婆娑零乱。清醒时，我们共同欢乐开怀；醉酒后，各自离散东西。但愿我们永远一起，相约到浩渺的天河去尽情漫游。

　　李白虽在长安供奉翰林，然而随着时间的推移，他对这有名无实的闲职已毫无兴趣，最初的那种春风得意早已不见了影踪。

　　诗人此时彷徨苦闷，像他这样放浪形骸、狂荡不羁的旷世奇才，在朝中卓尔不群，自然曲高和寡，知音难觅。一种怀才不遇、不为人知的孤独又上心头。

春 思

李 白

燕①草如碧丝，秦②桑低绿枝。

当君怀归日，是妾断肠时。

春风不相识，何事入罗帷③？

【注释】

①燕：今河北北部，辽宁西部。

②秦：今陕西。燕地寒冷，草木迟生于较暖的秦地。

③罗帷：丝织的帘帐。

【鉴赏】

夫君哪，你远在燕地戍边，那儿的春草还像碧丝般青绿，秦中家乡的桑叶却早已茂密得压弯树枝了。夫君哪，当你在边境想家的时候，正是我在家想你想得肝肠寸断之时。春风啊，我与你素不相识，你为何闯入罗帷，搅乱我的情思？

秦桑已低，妾已断肠。夫君哪！何当共剪西窗之烛？思君念君不见君，虽寂寞独处，与君天各一方，妾依然对君忠贞不贰，即便是那不相识的春风，也不要吹入罗帷。

望 岳①

杜 甫

岱宗②夫如何，齐鲁青未了。

造化③钟④神秀，阴阳⑤割昏晓。

荡胸生层云，决眦⑥入归鸟。

会当凌⑦绝顶，一览众山小。

【注释】

①岳：指东岳泰山。

②岱宗：泰山的尊称。《风俗通义·五岳》："东方泰山……尊曰岱宗。岱者，长也。"

③造化：大自然。

④钟：集中、汇聚。

⑤阴阳：山北为阴，山南为阳。

⑥决眦：张目极视。

⑦凌：登上。

【鉴赏】

泰山啊，你是五岳之首。你宏伟壮丽，苍翠挺拔，横跨齐鲁两地。造化万物的大自然赋予你瑰丽和神奇。你高峻的山峰，使山的南北区别竟如同晨光之于暮色。望着山峦间升腾的层层云气，我的胸怀为之荡涤。极目远眺，归鸟翻飞在蓝天白云之间。有朝一日，我一定要登上你的绝顶，一览周围的群山，那时，它们一定会显得非常矮小。

登临绝顶，俯视一切，可见诗人的雄心壮志和阳刚气魄。杜甫出身于官僚世家，自十三世祖杜预以下，几乎每一代都有人出任不同的官职，所以，杜甫自豪地称为"奉儒守官，未坠素业"。杜甫称做官是他们家族的"素业"——世代相袭的职业。家庭给予杜甫正统的儒家文化教育和务必要在仕途上有所作为的雄心。开元二十三年（735），杜甫二十四岁，赴洛阳应试，却未能及第，后浪游齐、赵，度过了一段狂放的生活。他后来回忆说："放荡齐赵间，裘马颇清狂。"至天宝四年（745）的十年间，杜甫多次游历山东，饱览了齐鲁之邦的名山大川，对泰山独具情缘，于是留下了这篇前无古人、后无来者的佳作，也是现存杜诗中年代最早的一首。

赠卫八处士①

杜 甫

人生不相见，动如参与商②。

今夕复何夕，共此灯烛光。

少壮能几时，鬓发各已苍。

访旧半为鬼，惊呼热中肠③。

焉知二十载，重上君子堂。

昔别君未婚，儿女忽成行。

怡然敬父执④，问我来何方。

问答乃未已，驱儿罗⑤酒浆。

夜雨剪春韭，新炊间⑥黄粱。

主称会面难，一举累十觞。

十觞亦不醉，感子故意⑦长。

明日隔山岳，世事两茫茫。

【注释】

①卫八处士：人名，生卒不详。古时称有德才却隐居的

人为处士。

②参与商：星座名，即参星和商星，二十八宿星名。参星在西方，而商星在东方，当一个升上地面时，另一个沉下地平线，故永远不得相见。

③热中肠：内心激动悲怆。

④父执：父辈的真挚朋友。

⑤罗：张罗、摆设。

⑥间：掺和。

⑦故意：故交的情意。

【鉴赏】

处在今日之乱世，你我要相聚真是太难了，好比天上此起彼落的参星商辰。今晚是什么日子呀，我竟如此幸运，能与你挑灯共叙离情？

青春壮年实在是没有几天了，岁月不饶人啊，你我都已经鬓发苍苍了。打听故友，大半都已作古，在此乱世，干戈乱离、人命危浅，而我俩还能幸存，我内心激动悲怆，不由得连连长声哀息。

真没想到阔别二十年之后，能有机会再次来登门拜访。当年握别时你还没有成亲，如今你已经儿女成行。他们见父亲的挚友来访，都挺高兴，待我彬彬有礼，热情地问我来自何方。孩子们的问话还没有说完，你便叫他们张罗菜肴琼浆。

雨夜中割回来的春韭十分鲜嫩，散发着扑鼻的清香，又呈上刚烧好的黄粱米饭，香喷喷的。你说与我久别重逢真是难得，频频劝酒，一连喝了十多杯。这么多酒下肚，却没有丝毫醉意，真是高兴啊！谢谢你对老朋友如此深情厚谊。

明日与君离别，你我又是重山阻隔。唉！人生无常，聚散不定，世事竟是如此渺茫！

安史之乱爆发后，杜甫一度被困于叛军占据下的长安。后来只身逃出，投奔驻守在凤翔的唐肃宗，被任为左拾遗。这虽是一个八品的谏官，地位不高，却是杜甫仅有的一次在中央任职的经历。

但不久就因上疏申救房琯的罢相而触怒肃宗，后于乾元初被贬斥为华州司功参军。翌年春由洛阳返华州，途中遇故交卫八处士而作此诗。

挚友久别重逢本来是一件人生幸事，无奈身处乱世，暂聚忽别，此一别，又是千山阻隔，世事难料，说不定再难相会。

佳　人

杜　甫

绝代有佳人，幽居在空谷。

自云良家子，零落①依草木。

关中②昔丧乱，兄弟遭杀戮。

官高何足论，不得收骨肉。

世情恶衰歇③，万事随转烛④。

夫婿轻薄儿，新人美如玉。

合昏⑤尚知时，鸳鸯不独宿。

但见新人笑，那闻旧人哭。

在山泉水清，出山泉水浊。

侍婢卖珠回，牵萝补茅屋。

摘花不插鬓，采柏动盈掬。

天寒翠袖薄，日暮倚修竹。

【注释】

①零落：飘零沦落。

②关中：此指长安。

③衰歇：衰败嫌弃。

④转烛：烛光随风转动，喻指世事变幻不定。

⑤合昏：即夜合花，此花朝开夜合。

【鉴赏】

有一个美艳绝代的佳人，隐居在僻静的深山野谷。她说："我本是良家女子，出身豪门，因家道中落，才漂泊到这山间野谷与草木为伴。想当年长安丧乱的时候，兄弟惨遭杀戮。官高又有何用？最终还不是抛尸野外，连骸骨也不得收殓。世态险恶无常，万事就像那风中摇曳的烛光。没想到夫君是个薄情寡义的人，见我娘家败落，就又娶了美颜如玉的新妇。夜合花朝开昏合，鸳鸯鸟双栖双宿，可那势利的夫君竟忍将我抛弃。他眼里只有那新人的巧笑，哪里听得到我这个旧人的哭泣。"

泉水在山中，清澈透明，出了山就变得浑浊。侍女变卖首饰刚回来，牵着藤萝修补破茅屋。因为没有人欣赏，她不再把摘来的野花插在头上，却时常把采来的柏籽当粮充饥。天气寒冷，她却衣衫单薄。夕阳西下，她斜倚着高高的青竹，听着风吹竹叶，断肠人在幽谷。

杜甫胸怀"致君尧舜上，再使风俗淳"的抱负，没料到长安求官，滞留十年，却一再碰壁，好不容易才弄到一个右卫率府胄曹参军这样一个卑微的官职。后在战乱中，冒着生命危险逃离长安投奔唐肃宗，被任为左拾遗，但不久又被贬为华州司功参军。由于战乱和饥荒，杜甫无法养活他的家人，加之对仕途的失望，遂在乾元二年（759）放弃了官职。此诗便作于这个时候，杜甫携家眷寄居秦州（今甘肃天水），生活十分艰难。我们不难看出此诗寄托了诗人对自身遭遇的慨叹，诗中有诗人自己的影子。

梦李白·其一

杜 甫

死别已吞声①，生别常恻恻②。

江南瘴疠地，逐客③无消息。

故人入我梦，明我常相忆。

恐非平生魂，路远不可测。

魂来枫林④青，魂返关塞⑤黑。

君今在罗网，何以有羽翼？

落月满屋梁，犹疑照颜色⑥。

水深波浪阔，无使蛟龙⑦得。

唐诗宋词元曲精编

【注释】

①吞声：泣不成声。

②恻恻：内心悲痛不已。

③逐客：被朝廷流放的人，与下句的"故人"均指李白。

④枫林：指李白所在。

⑤关塞：指杜甫旅居的秦州。

⑥"落月"二句：写梦醒后的幻觉。看到月色，想到梦境，李白的容貌在月光下似乎隐约可见。

⑦蛟龙：古代传说中能兴风作浪、发洪水的龙。这里喻指恶人。

【鉴赏】

死别虽常使人泣不成声，生离却令人魂牵梦萦、牵肠挂肚，更加使人伤悲。太白兄啊，江南多山林，瘴疠流行，你一去杳无音信，不知你的情况怎样。你忽然来到梦里与我相见，一定是知道我常常思念你吧。梦中不复见你当年的神采。关山阻碍，路途遥远，朋友啊，不知你是生还是死呀。你来时要飞越南方青翠的枫林，你回去时，要飞渡昏暗险要的秦关。朋友啊，你如今陷入囹圄，哪有羽翼飞到这北国？明月的清辉洒满了屋梁，恍惚间，似乎见到你憔悴的容颜。

此去水深浪阔，朋友啊，你一定要多加小心，不要失足掉进了那蛟龙的嘴里。

　　天宝三年（744），李杜初会于洛阳，即交为知己。乾元元年（758），李白因参加永王李璘的幕府而受牵连，被流放于夜郎，次年春至巫山遇赦。杜甫只知李白流放，不知其赦还。此诗便是杜甫思念李白，积思成梦而作。

梦李白·其二

杜　甫

浮云终日行，游子久不至。
三夜频梦君，情亲见君意。
告归常局促，苦道来不易。
江湖多风波，舟楫恐失坠。
出门搔白首，若负平生志。
冠盖①满京华，斯人②独憔悴。
孰云网恢恢③，将老④身反累。
千秋万岁名，寂寞身后事。

20

【注释】

①冠盖：指冠冕和车盖，这里指京城的达官显贵。

②斯人：指李白。

③网恢恢：《老子》中有"天网恢恢，疏而不漏"，意谓苍天织网，网孔虽宽疏，却无漏失。

④将老：已近老年，当时李白五十九岁，杜甫四十八岁。

【鉴赏】

悠悠的白云整日在空中飘来飘去，太白兄，你这远方的游子为何久久不归？一连几夜我都梦见你，可见我俩之间是情真意切。每次梦里相见，你都匆匆离去，还总说相会可真不容易。江湖风波险恶，我担心船只失事，你会葬身水里。出门时你总是搔着满头白发，好像是功名未建，辜负了平生壮志。官僚们华盖相接，遮天蔽日，遍布京城，唯独你虽才高八斗，却倜傥不群，不能显达，抑郁不得志，面容憔悴。谁说天网恢恢疏而不漏，人间自有公道？你不就是年事已高，反被牵连受罪吗？即使将来美名流传千秋万代，那也是死后的事了。可惜天公不爱才，你在世时，还是一生寂寞。

和上一首一样，诗人对故人李白日夜思念，以至于积思成梦而有此诗，由此可见李杜的交谊之深厚。诗中表达了作者对李白无辜受累的同情和愤慨，同时也抒发了自己和李白共同的感受，那就是奸佞当道，报国无门，英雄寂寞终老。

真的是报国无门吗？杜甫所处的时代正是需要横刀立马，需要既能骁勇善战，又能运筹帷幄的将帅之才的乱世。李白遇赦放还时，已年近六十，但仍壮心不已，上元二年（761），他又一次踏上征途，准备参加李光弼的平叛军队，只是途中因病折回。

送綦毋潜①落第还乡

王　维

圣代无隐者，英灵尽来归。
遂令东山客②，不得顾采薇③。
既至金门④远⑤，孰云吾道非。
江淮度寒食，京洛缝春衣。
置酒长安道，同心与我违⑥。
行当浮桂棹，未几拂荆扉。
远树带行客，孤城当落晖。
吾谋适⑦不用，勿谓知音稀。

【注释】

①綦毋潜：綦（音"其"）毋为复姓，潜为名，字季通，荆南（今湖北江陵）人，开元中进士入仕，后辞官归隐江东。

②东山客：东晋谢安曾隐居会稽（今浙江绍兴）东山。此借指綦毋潜。

③采薇：据《史记·伯夷列传》载："（周）武王已平殷乱，天下宗周，而伯夷、叔齐耻之，义不食周粟，隐于首阳山，采薇而食之。"此指隐居。

④金门：即金马门，汉代宫门名。汉武帝曾令学士在此候召，以备顾问。

⑤远：指未中第而不能待召帝侧。

⑥违：离别。

⑦适：偶然、意外。

【鉴赏】

当今清明盛世不会再有隐者，有才有德的人都归附朝廷，为国效力。太平盛世使得那些像谢安那样的高人，都不再像伯夷、叔齐那样去隐居山林，不食人间烟火了。这次你虽然落第，不能在皇帝身边等待召见，却并没有走错路。你启程赴考那天，江淮正在过寒食节，现在东京洛阳家家户户都在缝制春衣。在长安郊外古道边，我备酒为你饯行。我知心的朋友啊，你就要踏上归途，我们将就此分别，你今日乘舟归去，只需几日就可叩开自家的柴门。你渐行渐远，慢慢消失在远方的山林，夕阳的余晖斜照着这座孤城。我们的谋略没有得到赏识纯属偶然，可别以为人世间知音寥寥。

落第还乡，令人懊丧。诗人善解人意，临别赠言，劝勉知己，字字含情，真知音也。像这样劝勉落榜友人的佳作世间少有。

送　别

王　维

下马饮君酒^①，问君何所之？
君言不得意，归卧南山^②陲^③。
但去莫复问，白云无尽时。

【注释】

①饮君酒：劝君饮酒。
②南山：即终南山，主峰位于陕西西安市南。

③陲：靠边界的地方。

【鉴赏】

我下马劝君再饮一杯酒，问你此去何方，你说抑郁不得志，打算去终南山旁隐居。我理解君的高蹈之意，也无须过多询问。我想那山中的白云会使你心中的郁闷消散，内心变得恬淡平和。

钱钟书说，爱情也罢，婚姻也罢，皆如围城，城外的人想冲进去，城内的人想冲出来。看来，当官也是如此。诗人开元中进士魁首，仕途得意，何以对友人不得意而归隐产生羡慕之意？是安慰友人？非也。摩诘性本高洁。

青　溪

王　维

言入黄花川，每逐①青溪水。
随山将万转，趣②途无百里。
声喧乱石中，色静深松里。
漾漾泛菱荇③，澄澄映葭苇④。

我心素已闲，清川澹⑤如此。

请留磐石上，垂钓将已矣。

【注释】

①逐：追逐、循、沿。

②趣：通"趋"。

③菱荇：水生植物，菱和荇菜，根生水底，叶浮水面。

④葭苇：芦苇。

⑤澹：恬静、安定。

【鉴赏】

我步入黄花川，常信步循着青溪行走。青溪长不足百里，随着山势蜿蜒流淌，从乱石中穿过，发出一片喧哗声，又温和恬静地流进松林深处。清波荡漾，菱角和荇菜悠闲地漂浮在水面上，溪旁随风摇曳的芦苇倒映在碧澄的水面上。我向来恬静淡泊，就像这安详幽深的青溪一样。我愿从此就留在这溪畔的盘石上，终日垂钓，以了余生。

如果你胸有点墨，稍有心性的话，无论你失意也罢、烦恼也罢、浮躁也罢，读此诗，宛若远离尘世，徜徉山水，如行画中，这种愉悦不是那些在商场尔虞我诈，官场钩心斗角的人所能感悟到的。也只有诗人因受"安史之乱"所累，仕途受挫，才领悟到人生无常，岁月沧桑，何不还我本心，寄情山水书画之间，怡然自乐？

渭川^①田家

王 维

斜光照墟落^②，穷巷牛羊归。

野老念牧童，倚杖候荆扉。

雉雊^③麦苗秀，蚕眠桑叶稀。

田夫荷锄至，相见语依依^④。

即此羡闲逸，怅然吟《式微》^⑤。

【注释】

①渭川：即渭河，是黄河的支流，在陕西省中部。

②墟落：村落、村庄。

③雉雊：野鸡鸣叫。

④语依依：亲切交谈的样子。

⑤《式微》：《诗经·邶风》中的一篇，其中有"式微，
式微，胡不归"句，意思是：天黑了，天黑了，怎么不回去
呢？式，发语词。微，天黑。此句寄托了作者的归隐之意。

27

【鉴赏】

夕阳斜照着村落，牛羊徐徐归来，没入深巷。一位老者拄着拐杖站在自家柴门前，等候着晚归的牧童。从正吐穗的麦田里，传来阵阵野鸡的啼叫声。

桑树上桑叶已经变得稀疏，蚕宝宝进入了最后一眠，快要吐丝了。扛着锄头，从田间归来的农夫们边走边亲切地攀谈着。

这种自由自在、无忧无虑的农家生活使我羡慕起隐居的自在安闲，不由得吟诵起《式微》，想起自己目前左右为难的处境，想归隐田园，又不能如意，心里不胜惆怅。

诗人的靠山——当朝宰相张九龄被一代奸相李林甫排挤出京，诗人的处境便岌岌可危。宦海浮沉，真叫人担惊受怕、苦闷彷徨。

唉！还不如归隐山林，忘怀得失，不再理会官场上的争权夺利、互相倾轧。无官一身轻啊！

唐诗宋词元曲精编

西施咏

王 维

艳色天下重，西施宁久微？

朝为越溪①女，暮作吴宫妃。

贱日岂殊众，贵来方悟稀。

邀人傅②脂粉，不自著罗衣。

君宠益娇态，君怜无是非。

当时浣纱伴，莫得同车归。

持谢③邻家子，效颦④安可希。

【注释】

①越溪：即若耶溪，在今浙江绍兴东南，传说西施曾在此浣纱。浣，洗。

②傅：同敷、擦。

③持谢：奉劝。

④效颦：《庄子·天运》记载，西施因胸痛，经常在人们面前皱眉捂胸。邻居一个丑女见了觉得很好看，也学着在

人面前捂胸皱眉，人们见了都躲开。颦，皱眉。

【鉴赏】

天下人都看重美色，国色天香的西施又怎会长久寒微呢？早晨她还是越溪畔的浣纱女，傍晚就成了吴国的王妃。她贫贱时同一般的浣纱女并无两样，尊贵了才觉得自己美丽无比，是人间的尤物。从此，梳妆施粉都有婢女服侍，穿衣起居都不用自己动手。君王的宠幸使她更加娇媚动人。有君王爱怜，她也不再分什么是与非。昔日一起浣纱的女伴，已不可能与她同车而归了。我得奉劝邻家的东施，不必去模仿西施的病态以博取别人的赞美，那只会弄巧成拙。

真是人生无常啊！贫贱尊贵竟在朝夕之间，那些"朝为田舍郎，暮登天子堂"的读书人何尝不是如此。而东施效颦，纯属"画虎不成反类犬"。

秋登兰山①寄张五②

孟浩然

北山白云里，隐者自怡悦③。

相望试登高，心随雁飞灭。
愁因薄暮起，兴是清秋发。
时见归村人，沙行渡头歇。
天边树若荠④，江畔舟如月。
何当载酒来，共醉重阳节。

【注释】

①兰山：应为万山，在湖北襄阳，诗人的园庐在岘山附近，距万山不远，诗人在此度过了大半生。

②张五：名子容，排行第五，隐居襄阳岘山南的白鹤山。

③"北山"句：由南朝陶弘景"山中何所有，岭上多白云。只可自怡悦，不堪持赠君"的诗句引申而来。北山当指万山。

④荠：野菜名，这里形容远望天边树林的细小。

【鉴赏】

仰望萦绕着北山的白云，我怡然自得，满心喜悦。我试着登上高山遥望你隐居的白鹤山，心随着鸿雁高飞，隐没在天际。黄昏时，心中升起一阵思念友人的惆怅，清秋的山色使我的雅兴勃发。不时可以望见山下回村的农人，走过沙滩，坐在渡口歇息。天边的树影远远望去就像荠菜那样细小，而江畔停泊的小舟仿佛是披着素纱的月牙儿。不知道什么时候你能携带着美酒前来，和我在重阳节一起开怀畅饮。

此诗名为寄，实为隔山遥望以抒发对朋友的思念。全诗情景交融，情飘逸而真挚，景清淡而优美。诗人怀故人而登高，望飞雁而孤寂，临薄暮而惆怅，处清秋而兴发，盼望挚友前来共度重阳。

盛唐诗人，除李白、杜甫外，当推王维、孟浩然。孟诗飘逸真挚、清淡优美，语言淳朴隽永。读此诗便可见一斑。

夏日南亭怀辛大

孟浩然

山光忽西落，池月渐东上。
散发①乘夕凉，开轩②卧闲敞③。
荷风送香气，竹露滴清响。
欲取鸣琴弹，恨无知音赏。
感此怀故人，中宵劳梦想。

【注释】

①散发：古人平时都束发戴帽，散发以示休闲自在。
②轩：窗。
③卧闲敞：清闲自在地躺在宽敞的地方。

【鉴赏】

不知不觉间，夕阳落下了西山，月亮从池塘上慢慢升起。我披散着头发，悠闲自得地沐浴在黄昏的清凉中。打开窗户，悠闲地躺卧在宽敞的地方。

清风徐徐送来荷花的幽香，竹叶上的露珠滴在水池中，发出清脆的声响。本想取出瑶琴弹奏一曲，可惜眼前又没有知音欣赏。如此良宵不免怀念故友，也许只能在梦中与他相见。

此诗写夏夜水亭纳凉，清爽闲适，本想弹奏一曲，可惜又没有知音，于是自然想起故友。

诗人所居之地实在令人羡慕，清幽雅静；诗人的生活也同样令人向往，闲适随意。其实，隐居山林，久而久之，难免会有孤独寂寞之感。然而，身处闹市的喧嚣中，更觉知音稀少。

宿业师①山房②期丁大不至

孟浩然

夕阳度西岭，群壑倏已暝。

松月生夜凉，风泉满清听。

樵人归欲尽，烟鸟③栖初定。

之子④期宿来，孤琴候萝径⑤。

【注释】

①业师：法名业的僧人。

②山房：僧人居所。

③烟鸟：暮烟中的归鸟。

④之子：这个人。

⑤萝径：藤萝悬垂的小路。

【鉴赏】

夕阳越过西边的山岭缓缓西下，千山万壑忽然变得昏暗。松林间的明月送来阵阵清凉，清泉的水声随风飘到耳畔。傍晚，樵夫们都纷纷下山回家，烟霭中的鸟儿也已经归巢。我一个人抱着琴等在藤萝悬垂的小路边，盼望着你能如约来此住宿。

此诗写作者在山间夜宿，期待友人不至。夕阳西下，万壑昏暗，松间冷月照，风中清泉响，樵人归尽，暮鸟栖定，诗人盼望友人来宿，好秉烛夜谈，弹琴饮酒，吟诗作对。于是，抱着琴等候在路旁，久等也不见友人到来，然而，诗人并不心烦气躁，足见诗人内心的平和。

久等朋友不至，会让人感到失落，但是有这样一位可以与之抚琴同歌的朋友却是幸运的。君不闻"人生得一知己足矣"，可见知音难求。

同从弟①销南斋玩月忆山阴崔少府②

王昌龄

高卧③南斋时，开帷月初吐。

清辉淡水木，演漾④在窗户。

苒苒⑤几盈虚，澄澄变今古。

美人⑥清江畔，是夜越吟⑦苦。

千里其如何，微风吹兰杜。

【注释】

①从弟：堂弟。

②少府：官名，秦置，为九卿之一，次于县令。唐代科第出身的士子也出任此职。

③高卧：比喻隐居。

④演漾：水流摇荡。

⑤苒苒：同"冉冉"，指时间渐渐流逝。

⑥美人：旧时指自己思慕的人，这里指崔少府。

⑦越吟：越人庄舄，在楚国为官，曾唱越歌以寄托乡思。

【鉴赏】

隐居南斋时，一夜，拉开窗帘观赏那初升的玉兔。月华如水，泻在水上、树上，水月动荡的清光映在窗户上。光阴荏苒，岁月如梭，这窗月阴晴圆缺，已不知过了多少个春秋。物换星移，世事沧桑，清光千年依旧。当此月圆良宵之时，好友崔少府却远在越中清江河畔，想必今夜又吟唱思乡之曲了。千里共婵娟，天涯若比邻，晚风习习，我仿佛闻到了崔兄如兰花、杜若一样的清香。君之高风亮节、道德文章如月之皎洁，花之幽香，"高山安可仰，徒此揖清芬"。

清光千年依旧，人生聚散无常。有才德的朋友遥在远方，常思念友人妙手文章、高风亮节。回想与君高谈时，君谈笑风生，妙语连珠，令人捧腹，发人深省，真正是才华横溢，睿智过人。只可惜忙于生计，不能与君常把酒论诗，饮茶评史。孤月映独盏，幽兰浸我心，置琴空叹息，能不忆知音？

寻西山隐者不遇

丘 为

绝顶一茅茨①，直上三十里。
扣关无僮仆，窥室唯案几。
若非巾柴车，应是钓秋水。
差池②不相见，黾勉③空仰止。
草色新雨中，松声晚窗里。
及兹契幽绝，自足荡心耳。
虽无宾主意，颇得清净理。
兴尽④方下山，何必待之子⑤。

【注释】

①茅茨：茅屋。

②差池：原为参差不齐，这里指此来彼往而错过。

③黾勉：殷勤。

④兴尽：《世说新语》记载，晋王徽之曾雪夜访友人戴逵，临门不入而返。人问其故，他说："本乘兴而来，兴尽而返，何必见戴。"

⑤之子：这里指隐者。

【鉴赏】

隐者住在西山顶上的一座小茅屋里，我爬三十里山路来拜访他。轻叩柴门，竟然没有童仆来开门。窥视室内只见几案，不见有人的影子。主人若不是驾着柴车出游，就一定是垂钓在秋水之滨。来得真不巧，与他错过，殷勤而来却不能与他相见，空留对他的仰慕。

新雨之后，草色青翠嫩绿；松涛声声，随晚风送进窗户。来到这惬意幽静的绝景，我心耳荡涤，已无比满足。虽然没有宾主酬答之意，却领悟到了清静的道理。兴尽下山，乐在其中，何必非要见到他这个隐者呢？

隐者独居高处，远离尘嚣，诗人不辞山高寻访，叩扉无人，略生怅惘。想必隐者乘车云游，或临水垂钓去了。草色松声，令人惬意，领悟清静之理，乘兴而来，尽兴而返，其乐也陶陶。诗人情趣高雅，若是庸人必然落寞而归。对待生活，乃至对待一切人与物的态度皆取决于个人的文化素养和道德修养。

春泛^①若耶溪

綦毋潜

幽意^②无断绝，此去随所偶^③。
晚风吹行舟，花路入溪口。
际夜^④转西壑，隔山望南斗。
潭烟^⑤飞溶溶，林月低向后。
生事且弥漫，愿为持竿叟。

【注释】

①泛：泛舟。

②幽意：寻幽的心意，或是幽居独处、放任自适的情趣。

③偶：通"遇"。

④际夜：至夜。

⑤潭烟：水汽。

【鉴赏】

归隐的念头从未放弃，此次泛舟是随河漂流，任其自由，随遇而安。阵阵晚风吹拂，小舟缓缓而行。小舟一路顺水而行，驶入了落满桃花的溪口。傍晚时分，小舟转向西山幽谷，隔山可仰望星空的南斗，水面上升起了白茫茫的雾气，小舟继续往前漂行，把岸边的树林和挂在林梢的月儿甩在身后。

人生一世也如这缥缥缈缈、迷迷蒙蒙的水雾，令人难以把握，我愿做一个渔翁持竿垂钓在此溪旁，逍遥自在，无拘无束。

诗人曾入仕，此诗作于其归隐之后。此诗写诗人幽居独处，放任自适。春夜泛江，任水漂流，随遇而安。和风拂面，桃花夹岸，夜星点点，潭烟溶溶，好一幅春江花月夜泛舟图。诗人情趣之幽雅，心灵之恬静非常人能及。

宿王昌龄隐居

常 建

清溪深不测，隐处唯孤云。
松际露微月，清光犹为君。
茅亭宿^①花影，药院^②滋苔纹。
余亦谢时^③去，西山鸾鹤^④群。

【注释】

①宿：比喻夜静花影如眠。
②药院：种芍药的庭院。
③谢时：辞去世俗之累。
④鸾鹤：古常指仙人的禽鸟。

【鉴赏】

清溪远流，望不到尽头，少伯（王昌龄字）兄隐居之
处，只见孤云飘飘。明月掩映在松林之间，好像专为少伯兄
抛洒清辉。茅亭旁花影如眠，芍药园内长满了青苔。我也想

远离纷繁的世俗，来到西山，与鸾鹤为伍。

这是一首写山水的隐逸诗，作于诗人辞官归隐途中绕道王昌龄入仕前的居所的时候。诗人与王昌龄是开元十五年（727）同科进士及第的好朋友，王昌龄仕途较为得意，而诗人只做过县尉那样的小官，不久便辞官归隐西山。诗人在赞美王昌龄居所幽静，水清月明，青松掩映的同时，似有劝勉王昌龄归隐之意。

与高适薛据^①登慈恩寺浮图^②

岑 参

塔势如涌出，孤高耸天宫。

登临出世界，磴道盘虚空。

突兀压神州，峥嵘^③如鬼工。

四角碍白日，七层摩苍穹。

下窥指高鸟，俯听闻惊风。

连山若波涛，奔走似朝东。

青槐夹驰道，宫馆何玲珑。

秋色从西来，苍然满关中。

五陵④北原上，万古青蒙蒙。

净理⑤了可悟，胜因⑥夙所宗。

誓将挂冠⑦去，觉道⑧资无穷。

【注释】

①薛据：河东宝鼎人，官至水部郎中。

②浮图：佛塔。

③峥嵘：形容山的高峻突兀或建筑物的高大耸立。

④五陵：长安城西北有汉代高祖、惠帝、景帝、武帝、昭帝五位皇帝的陵墓。

⑤净理：佛理。

⑥胜因：善缘。

⑦挂冠：辞官。

⑧觉道：佛道。梵文的"佛"原意为"觉者"。

【鉴赏】

大雁塔气势轩昂，宛如平地涌出，孤傲高峻，直指天宫。登上塔顶，仿佛脱离尘世。沿塔内的阶梯盘旋而上，宛如登上天宫。高耸宏伟的大雁塔压盖神州大地，高峻突兀，胜过鬼斧神工。四角如翼遮住了太阳的光辉，塔高七层似可与苍穹相摩擦。站在塔顶，鸟瞰指点翱翔的飞鸟，俯身倾听阵阵怒吼的狂风擦塔而过。起伏连绵的群山好比波涛，汹涌起伏，如百川归海，奔流向东。辇车驱驰的大道两旁，青槐郁郁葱葱。

俯望宫阙楼台，变得精巧玲珑。悲凉秋色从关西弥漫而来，关中一片苍茫。遥望长安城北汉代五陵，历经千秋万古依然青青，我似乎一下子领悟了清净的佛理。其实我素来就相信因果报应，因此也乐善好施。我觉得佛道的确济世无穷，我发誓回去后就辞官归隐，皈依佛道，潜心修行。

此诗作于天宝十一年（752）秋，当时共有杜甫、储光羲、高适、薛据和作者五人同登大雁塔，五人皆留有诗作。登塔环顾，东群峰如涛，南宫馆玲珑，西秋色满关，北五陵苍青。诗人望之忽悟佛理，决意辞官学佛，以求济世。诗中暗寓对国事无可奈何的情怀。

不登高山，不知天之高；不临大海，不知地之阔。登高望远，才知万物之博，个人何等渺小，简直微不足道。在飞机上鸟瞰公路上来来往往奔忙的汽车，就像小时候观看蚂蚁搬家一样，你潜心经营、孜孜以求的名利，在他人眼里却是微不足道，因为每人站的高度不同。

贼退示官吏·并序

元　结

　　癸卯岁，西原贼入道州，焚烧杀掠，几尽而去。明年，贼又攻永破邵，不犯此州边鄙①而退。岂力能制敌欤？盖蒙其伤怜而已。诸使何为忍苦征敛？故作诗一篇以示官吏。

　　　　昔岁逢太平，山林二十年。

　　　　泉源在庭户，洞壑当门前。

　　　　井税②有常期，日晏③犹得眠。

　　　　忽然遭世变，数岁亲戎旃④。

　　　　今来典⑤斯郡，山夷又纷然。

　　　　城小贼不屠，人贫伤可怜。

　　　　是以陷邻境，此州独见全。

　　　　使臣将王命，岂不如贼焉。

　　　　令彼征敛者，迫之如火煎。

　　　　谁能绝人命，以作时世贤。

　　　　思欲委⑥符节⑦，引竿自刺船⑧。

　　　　将家就鱼麦，归老江湖边。

【注释】

①边鄙：边境。

②井税：这里指赋税。井，即"井田"。

③晏：晴朗。

④戎旃：军帐。旃，古代赤色的曲柄旗。

⑤典：治理、镇守。

⑥委：放弃。

⑦符节：做官的印信。符，古代朝廷传令调将的凭证；节，使者所持凭证。符节用玉做成，上面篆刻文字，剖分为二，各执一半，使用时左右相合为验。

⑧刺船：撑船。

【鉴赏】

唐代宗广德元年（763），广西境内的少数民族聚伙攻入道州城，烧杀掳掠，几乎将全城洗劫一空才离去。第二年，那些贼人又攻陷永州和邵州，却没有侵犯道州边境。难道是道州的武力能抵御这些强盗吗？实际上，只是那些贼人可怜道州太穷而已，但道州的官吏却为何如此残忍地横征暴敛呢？因此，作诗一篇，给你们看看。

早年世道太平，我曾在山林中隐居了二十年。隐居的环境十分幽美，清澈的山泉流经我的庭院，洞穴幽谷就在家门前。田租赋税的征收都有个固定的日期，日上三竿，还能安然酣睡。

世道突变，安史叛乱，烽烟四起，数年来驰骋沙场，讨伐叛军。如今朝廷派我来治理道州，可恨那山中的夷贼又常来侵扰。县城太小，人民太穷，夷贼也不来掳掠，他们也觉得可怜。因此，邻县都陷于敌手，而道州这个小城还能保全。

使臣们奉皇帝的命令来催收租税，气势凌人，难道你们还不如那些强盗有恻隐之心吗？那些横征暴敛的官吏，正逼迫老百姓于水深火热之中。我不愿意断绝老百姓的活路，去做一个当朝所赞许的贤能官吏。我打算辞去这道州刺史的官职，拿起竹篙，亲自撑船，带领一家老小去那鱼米之乡，归隐老死在那江湖边上。

骂使臣比强盗还凶残，其实是暗喻皇帝不顾老百姓的死活，横征暴敛。诗中揭露朝廷苛政猛于虎，表明自己不愿做一个"忠贤"的官吏，打算泛舟江湖，不再与当政者合作，鱼肉百姓。

读诗文，少见像元结如此大胆、声色俱厉地指陈时弊，明确表示同当政者背道而驰，抱不合作态度的官吏。元结比起杜甫在文采上的确相去甚远，但是他不盲目忠君。对苦难的人民而言，也许更需要的是一个为民做主、爱民如子的父母官，而不是感伤自己命运不济而呼天抢地的诗人。

郡斋雨中与诸文士燕[①]集

韦应物

兵卫森[②]画戟[③]，燕寝[④]凝清香。

海上风雨至，逍遥池阁凉。

烦疴[⑤]近消散，嘉宾复满堂。

自惭居处崇，未睹斯民康。

理会是非遣，性达形迹[⑥]忘。

鲜肥属时禁，蔬果幸见尝。

俯饮一杯酒，仰聆金玉章。

神欢体自轻，意欲凌风翔。

吴中盛文史，群彦今汪洋。

方知大藩地，岂曰财赋强。

【注释】

①燕：通"宴"。

②森：森列。

③画戟：官署的一种仪仗。

④燕寝：本指休息安寝的地方，这里指私室。

⑤烦疴：烦躁。疴，疾病。

⑥形迹：这里指世俗的礼节。

【鉴赏】

官邸门前画戟林立，守卫森严，我的休息室内充满了焚檀散发的清香。东南近海，层层风雨飘然而至，顿时觉得池阁变得凉爽，烦闷燥热立即消散，又喜嘉宾贵客聚集一堂。我惭愧所居官邸如此豪华，不知百姓是否也过上了平安富足的生活。

人如能领悟事理，是非自然消释；性情达观，也就不必拘泥于世俗的礼节。盛夏禁食鲜鱼肥肉，希望大家多品尝蔬菜水果。大家饮一杯清醇美酒，我聆听着诸位吟诵各自的金玉诗章，感到精神愉悦一身轻，真想临风飞翔。苏州真不愧为文史鼎盛之所在，文人学士多如汪洋大海。现在才知道大郡并非是仅以物产丰盛而称强，而是荟萃了天下的文人学士。

此诗写与文士宴集并抒发个人胸怀。诗人自惭居处高崇，不见黎民疾苦。宴乐之间不忘黎民百姓，实属难得。

初发^①扬子寄元大校书^②

韦应物

凄凄去亲爱^③，泛泛入烟雾。

归棹洛阳人，残钟广陵树。

今朝为此别，何处还相遇。

世事波上舟，沿洄^④安得住。

【注释】

①初发：启程。

②校书：唐秘书省及弘文馆均置校书郎，掌校勘书籍。

③亲爱：指好友。

④沿洄：指处境的顺逆。沿，顺流；洄，逆流。

【鉴赏】

　　我凄然告别亲爱的朋友，归舟驶入了茫茫烟雾。在乘舟向洛阳归去之际，广陵树间传来晓钟余音，友人此时也许正引领相送。唉！今日在此与你依依作别，何时何地我们才能再次相逢？人情世事犹如浪里行舟，顺逆反复，难以自主！

这是一首抒写离情的诗。自己归舟行远，已不见广陵树色，但闻钟声余响，想到友人正伫立江边，引领相送，惜别之情更加凄切。世事顺逆反复，前途难以预料，今日一别，何时才能重逢。

全诗即景抒情，寓情于景。眼前景，意中情，口头语，世间理，如水乳交融，似蛛网交织，动人心弦，不愧为抒写离情意境的佳作。

寄全椒山中道士

韦应物

今朝郡斋①冷，忽念山中客。
涧底束荆薪，归来煮白石②。
欲持一瓢酒，远慰风雨夕。
落叶满空山，何处寻行迹。

【注释】

①郡斋：指滁州刺史官署中的斋舍。

②煮白石：葛洪《神仙传》记载，白石先生"常煮白石为粮，因就白石山居，时人号曰白石生"。这里借喻全椒道士，表明他生活的清苦。

【鉴赏】

时候已是深秋，今天在官邸斋舍中也觉得十分寒冷，忽然想起隐居全椒山的友人。他或许正在山谷打柴，带回家烧火，熬煮白石充饥。我本想带一壶好酒，在这风凉雨冷的秋夜去慰问他。可是满山遍野尽是纷纷落叶，到哪里去找寻他的踪迹呢？暮秋天寒，山中道士还要伐柴山涧，煮白石充饥，生活如此清苦，怎不令诗人心生持一壶酒前往探望之念。只是山中道人并非凡人，隐匿空山，难寻踪迹。此诗也反映了诗人抱静守淡的情怀。

长安遇冯著

韦应物

客从东方来，衣上灞陵雨。
问客何为来，采山①因买斧。

冥冥^②花正开，扬扬燕新乳^③。

昨别今已春，鬓丝生几缕？

【注释】

①采山：劈山开地，意指隐居山林。

②冥冥：形容雨貌。

③燕新乳：意谓燕初生。

【鉴赏】

朋友你从长安东边的灞陵而来，衣裳沾满了灞陵的春雨。

问你为什么来长安。你说为了开山辟地，隐居山林，特地到长安来买斧头。春雨蒙蒙，百花正悄然开放，初生的乳燕也在习习和风中飞舞。朋友，你如同这春花乳燕，风华正茂，不可因暂时的失意而伤感啊，你的才华终会有人赏识。去年一别，如今已是新春，你双鬓的银丝并没有多几缕，还不算老呀！朋友，你盛年未逾，大有可为呀！

冯著从长安东面而来，一派名流兼隐士的风度，实际上，心中对沉沦不遇颇感无奈。诗人以春花乳燕比喻现在正是大好春光，到处生机盎然，劝说冯著在这风华正茂之时，大可不必如此颓废，对前途要有信心。

夕次^①盱眙县

韦应物

落帆^②逗淮镇，停舫临孤驿。

浩浩风起波，冥冥日沉夕。

人归山郭暗，雁下芦洲^③白。

独夜忆秦关，听钟未眠客。

【注释】

①次：停泊。

②落帆：卸帆。

③芦洲：芦苇丛生的水泽。

【鉴赏】

降下风帆，把船停泊在这淮水岸边的一个小镇，这儿靠近一家孤零零的驿站。晚风刮过江面，掀起层层波浪；太阳西下，夜色苍茫，山昏城暗，人们都已归宿，雁群也已飞入芦苇丛中栖息。月光下，芦洲泛着银白的寒光。在这孤独冷清的夜晚，我听到岸上缭绕不断的钟声，不禁想起故园长安，难以入眠。

此诗大概是诗人于德宗建中四年（773）秋到滁州途中所作，写羁旅风波。停舟孤驿，夜色降临，人已归宿，鸟已还巢，诗人却是客居异乡，难以成眠。全诗寓情于景，状景传情，情景交融，读来颇为动人。

东 郊

韦应物

吏舍跼①终年，出郊旷清曙②。
杨柳散和风，青山澹③吾虑。
依丛适自憩，缘涧还复去④。
微雨霭⑤芳原，春鸠鸣何处。
乐幽心屡止，遵事迹犹遽。
终罢斯结庐，慕陶真可庶。

【注释】

①跼：拘束、困处。

②旷清曙：在清幽的曙色中心旷神怡。

③澹：澄静、消除。

④还复去：徘徊往来。

⑤霭：迷迷蒙蒙的样子。

【鉴赏】

　　我终年都困居在官衙中，实在烦闷，清晨出去郊游，顿觉心旷神怡。嫩绿的杨柳随风牵绕，苍翠的山色冲淡我的忧虑。靠着树丛休息了一会儿，又沿着山涧前行，徜徉在山水之间。迷蒙的雨雾笼罩着芳香的原野，宁静的大地处处斑鸠鸣叫。本想长居清幽的山水之间，却难以如愿，只因公务缠身，终日繁忙。终有一日我将罢官归隐，在此建一座茅屋，像陶渊明那样，过着自在轻闲的隐居生活。

　　此诗约作于诗人在滁州任刺史时，写春日郊游的情景。诗人晚年对陶渊明极为推崇向往，不但作诗"效陶体"，而且在生活上也"慕陶""等陶"，此诗便是证明。但是，韦应物是闲时赏景，只是散散心而已，不如陶渊明"久在樊笼里，复得返自然"，对美景的体悟自然不及陶深刻细腻。再者，对于韦应物而言，要出"樊笼"，舍弃官爵和俸禄，恐怕不是那么容易，只能隐逸于官府，在案牍公文之间做做田园山林之梦。

送杨氏女

韦应物

永日方戚戚，出行复悠悠①。

女子今有行②，大江溯③轻舟。

尔辈苦无恃④，抚念益慈柔。

幼为长所育，两别泣不休。

对此结中肠，义往难复留。

自小阙内训⑤，事姑贻我忧。

赖兹托令门⑥，任恤庶无尤。

贫俭诚所尚，资从⑦岂待周。

孝恭遵妇道，容止顺其猷⑧。

别离在今晨，见尔当何秋。

居闲始自遣，临感忽难收。

归来视幼女，零泪缘缨流。

【注释】

①悠悠：遥远的样子。

②行：指出嫁。诗曰："女子有行，远父母兄弟。"

③溯：逆流而行。

④无恃：无母。韦应物之妻死于其在长安任职时。恃：母亲的代称，母死称"失恃"。

⑤阙内训：指女儿幼年丧母，未能得到母亲的训诲。阙，通"缺"。

⑥令门：对其夫家的尊称。

⑦资从：嫁妆。

⑧猷：规矩。

【鉴赏】

女儿就要远行，我心中难以割舍，整日都感到悲伤。今天女儿就要远嫁，乘坐轻舟沿江逆流而上。你们姐妹自幼丧母，我既当爹来又当娘，对你们姐妹更是加倍疼爱。妹妹由姐姐一手带大，今日姐妹俩就要分别，两人都哭成了泪人儿。面对这种情景，我心如刀割，可是，女大当嫁，我怎能挽留。孩儿你从小缺少母亲的训导，我担心你不能侍奉好公婆。幸好你夫家是知书达理、待人厚道的好人家，他们会怜悯你，不会挑剔你的过失。我虽为官多年，却一贯崇尚清贫、俭朴，因此嫁妆不能做到周全丰厚，还望孩儿你不要埋怨父亲。只希望孩儿你要孝敬长辈，恪守妇道，行为举止都要符合规范。今朝我们父女就要分别，不知什么时候才能再次见到你。我闲居时，还能自我排遣忧伤，在这临别之时，我实在无法控制自己的感伤。回到家中看到孤单的小女儿，伤心的泪水沿着帽带流淌。

这是一首送女出嫁的千古绝唱。送女出行，万千叮咛；怜其无恃，一再训诫。诗人早年丧妻，身兼父母之慈爱。如今女儿就要出嫁了，自然勾起对亡妻的思念。女儿远行，自然如同剜去"心头之肉"般难过。全诗情真语挚，至性至诚。慈父爱，骨肉情，催人泪下。

晨诣超师院读禅经

柳宗元

汲井漱寒齿，清心拂尘服。

闲持贝叶书①，步出东斋读。

真源了无取，妄迹世所逐。

遗言冀可冥②，缮③性何由熟。

道人庭宇静，苔色连深竹。

日出雾露余，青松如膏沐④。

澹然⑤离言说，悟悦心自足。

【注释】

①贝叶书：古印度人多用贝多罗树的叶子写佛经，所以佛经又称贝叶经。

②冥：暗合。

③缮：修持。

④膏沐：润发的油脂。

⑤澹然：宁静的样子。

【鉴赏】

黎明时，从井里汲上清凉的井水漱口，我拂去衣上尘土，再调理心绪，平心静气，才悠闲地捧起佛经，信步走出书斋吟咏朗读。世人并没有领悟到佛经中的真谛，却去追逐那些荒诞不经的事情。佛家的遗言原也希望能与修性者暗合，只是我秉性如此，又如何能参悟佛经。僧人的禅院十分幽雅清静，绿色的苔藓一直延伸到竹林的深处。清晨的阳光穿过晨雾，映照着松树上的露珠，苍翠的松树闪闪发亮，好像刚用油脂沐浴。这里的环境使我内心宁静，难以言表，能领悟到这种境界，我也感到内心畅快、满足。

儒、释、道是中国古代文人的思想底蕴，不过，他们大都是在逆境时，才会有遁入空门的念头，那只不过是对现实的不满和逃避，其实，他们骨子里仍是儒家思想，功名之念

60

也是断难熄灭的。柳宗元也是如此，此诗作于他被贬永州时。不过，作者对于那些根本就不理解佛经的愚昧之众是持讽刺态度的。再者，"缮性何由熟"，说明他对佛学精义原也不甚在意，倒是这寺院清幽的环境，使他达到了忘言的境界。

溪 居

柳宗元

久为簪组①累，幸此南夷谪。
闲依农圃邻，偶似山林客。
晓耕翻露草，夜榜②响溪石。
来往不逢人，长歌楚天碧。

【注释】

①簪组：即簪缨，古代官吏的冠饰，这里是做官的意思。

②夜榜：夜航。榜，摇船的用具。

【鉴赏】

　　长久因做官而被束缚，不得自由，庆幸这次被贬谪到这南夷蛮荒之地。闲居时可以与农田菜圃为邻，倒真像个山林中的隐士。一大清早，我就荷锄去田间劳作，翻除还带着露水的杂草，傍晚时，我乘舟漂流在哗哗流淌的小溪中。我独来独往，再也碰不到那些庸俗之辈，仰望澄碧的楚天，我放声高歌，自娱自乐。这首诗是柳宗元贬官永州，居愚溪之畔时所作。全诗写谪居佳境，苟得自由，独来独往，偷安自幸。有人说此诗含有牢骚之意，其实，应当是"不怨而怨，怨而不怨"（清代沈德潜语）。此诗中有很明显的陶诗（陶潜）、谢诗（谢灵运）以及孟诗（孟浩然）的影子，足见诗人涉猎之广，又自成风格，难怪其山水诗为世人所盛赞。

登幽州①台歌

陈子昂

前不见古人②，后不见来者。
念天地之悠悠③，独怆然④而涕下。

唐诗宋词元曲精编

【注释】

①幽州：古十二州之一，今北京市。

②古人：指前贤，如燕昭王、乐毅等。

③悠悠：渺远的样子。

④怆然：极悲伤的样子。

【鉴赏】

像燕昭王那样礼贤下士的明君，我是见不到了，今后或许会有明君，我如今却不得看。

眼前唯见空旷的天宇和原野，想到天地是如此之广阔，时间是如此之悠久，深感人生短暂，个人之于浩瀚的天地，又是何等渺小。明君难逢，壮志未酬，我不由得感到凄怆而泪下。

万岁通天元年（696），武则天派武攸宜征契丹，陈子昂任右拾遗参谋军事。

攸宜不懂军事，又不采纳陈子昂的良计。子昂有感于古代燕昭王礼贤下士，不禁泫然而泣，故作此诗抒发自己怀才不遇的悲伤。

古 意

李 颀

男儿事长征^①，少小幽燕客。

赌胜马蹄下，由来轻七尺^②。

杀人莫敢前，须如猬毛磔^③。

黄云陇底白云飞，未得报恩不得归。

辽东小妇年十五，惯弹琵琶解^④歌舞。

今为羌笛出塞声，使我三军泪如雨。

【注释】

①事长征：从军远征。

②轻七尺：轻生甘死，将生死置之度外。七尺，泛指一般成年男子的高度。

③猬毛磔：像刺猬毛一样直竖，形容人胡须短、多、硬而密。猬，刺猬。磔，张开。

④解：擅长。

【鉴赏】

好男儿应当从军戍边，他们从小就游历幽燕，个个都爱在疆场上逞能，从来都将生死置之度外。临阵厮杀锐不可当，敌军莫敢上前。他们威武刚烈，胡须像刺猬毛一样直竖。

昏暗的云层笼罩原野，将士们骑着白云般的战马在原野上飞奔。战功未立，不曾报答皇恩，绝不还乡。有个辽东少妇，年方十五，她善于弹奏琵琶，又擅长歌舞。今天，她用一管羌笛吹出凄凉哀婉的出塞曲，三军将士都感动得泪如雨下。

戍边豪侠，风流潇洒，勇猛刚烈。闻羌笛，顿觉故乡邈远，不免垂泪。离别之情，征战之苦，跃然纸上。

送陈章甫①

李 颀

四月南风大麦黄，枣花未落桐叶长。
青山朝别暮还见，嘶马出门思旧乡。

陈侯立身何坦荡，虬须^②虎眉仍大颡^③。
腹中贮书一万卷，不肯低头在草莽。
东门沽酒饮我曹^④，心轻万事皆鸿毛。
醉卧不知白日暮，有时空望孤云高。
长河浪头连天黑，津吏停舟渡不得。
郑国游人未及家，洛阳行子空叹息。
闻道故林^⑤相识多，罢官昨日今如何。

【注释】

①陈章甫：江陵人，为开元年间进士。诗中陈侯是
尊称。

②虬须：卷曲的胡子。

③颡：前额。

④我曹：我辈。曹，相当于现代汉语中的"们"。

⑤故林：故乡。

【鉴赏】

四月和煦的春风吹来，田里的大麦一片金黄。枣树的花
儿还没有凋落，梧桐的叶子就已经长出来了。早晨告别青
山，到傍晚，青山依然隐约可见。旅行者一听到马儿的嘶叫
声，就会思念起自己的故乡。

陈兄啊，你光明磊落，胸怀坦荡，你前额宽阔，虎眉虬

须，气宇轩昂；你学富五车，才高八斗，胸怀万卷，满腹经纶，如此才华横溢，怎能埋没在草莽之中？

记得你在洛阳东门买酒，我们一起开怀畅饮。面对罢官归隐，你胸怀豁达，视万物如鸿毛。醉了就睡，哪管日落天黑。偶尔仰望，长空孤云飘游。

黄河水涨，风大浪高，黝黑的波涛一浪高过一浪，管渡口的小吏因此叫人停船。你这郑国游子，也许还没有到家。故人已去，只留下我这洛阳客人，徒然为你感叹。

听说你在故乡，至交旧友很多，如今罢官回乡，他们将会怎样对待你呢？

陈章甫如此光明磊落、才貌俱佳。他不屑阿谀奉承，不肯与世俗同流，而恃才放旷、孤芳自赏的性格，就注定了他要遭排挤，浪迹山林，没于草莽。

琴 歌

李 颀

主人有酒欢今夕，请奏鸣琴广陵客①。
月照城头乌半飞，霜凄万树风入衣。

铜炉华烛烛增辉，初弹渌水^②后楚妃^③。

一声已动物皆静，四座无言星欲稀。

清淮^④奉使千余里，敢告云山从此始。

【注释】

①广陵客：此指善弹琴的人。《广陵散》为琴曲名。

②渌水：琴曲名。嵇康的《琴赋》有"初涉渌水"的句子。

③楚妃：琴曲名。

④清淮：淮水。李颀曾任新乡（今属河南）县尉，新乡临近淮水，故称清淮。

【鉴赏】

今夜主人备了好酒，与大家一同开怀畅饮，还请了一位弹奏的人来弹琴助兴。

凄清的月光照在城墙上，栖息的乌鸦被月光惊起，到处乱飞，偶尔发出一声凄厉的叫声撕破夜空。树林在深秋霜露的侵袭下已开始凋零，晚风吹进衣襟，已有丝丝寒意。

铜炉熏燃着檀香，蜡烛闪烁着光辉。先弹了一曲《渌水》，然后又奏了一曲《楚妃》。

琴声响起，周围万物一下子静了下来，空中的星星为之隐去，四座的宾客屏息静听。我就要奉命出使千里之外的淮水地区，如今听到这美妙的琴声，不禁顿生归隐之心。

此诗以酒咏琴，以琴醉人，闻琴思隐。秋夜月明星稀，乌鹊半飞，冷风吹衣，万木肃杀。席间铜炉香绕，华烛齐辉，初弹《渌水》，后弹《楚妃》。一声拨出，万籁俱寂，星星隐去，四座屏息。听琴后，乡思乍起。此去秦淮，离家千里，归隐之心，油然而生。

听董大①弹胡笳兼寄语弄②房给事

李 颀

蔡女③昔造胡笳声，一弹一十有八拍。
胡人落泪沾边草，汉使断肠对归客。
古戍苍苍烽火寒，大荒沉沉飞雪白。
先拂商弦后角羽④，四郊秋叶惊摵摵⑤。
董夫子，通神明，深松窃听来妖精。
言迟更速皆应手，将往复旋如有情。
空山百鸟散还合，万里浮云阴且晴。
嘶酸雏雁失群夜，断绝胡儿恋母声。
川为静其波，鸟亦罢其鸣。

乌孙部落家乡远，逻娑⑥沙尘哀怨生。

幽音变调忽飘洒，长风吹林雨堕瓦。

迸泉飒飒飞木末，野鹿呦呦⑦走堂下。

长安城连东掖⑧垣，凤凰池⑨对青琐门。

高才脱略名与利，日夕望君抱琴至。

【注释】

①董大：即董庭兰，善弹琴。

②弄：一种乐曲体裁。

③蔡女：蔡琰，即蔡文姬，下嫁胡人，作琴曲《胡笳十八拍》。

④商弦、角羽：古以宫、商、角、徵、羽为五音，以宫、商、角、徵、变徵、羽、变宫为七音。

⑤摵摵：叶落声，这里指琴声。

⑥逻娑：唐时吐蕃首府，今西藏拉萨市。

⑦呦呦：鹿的叫声。

⑧东掖：宫廷东面。

⑨凤凰池：中书省所在地，因接近皇帝之故而得此名。

【鉴赏】

汉代才女蔡文姬通晓音律，翻胡笳调作琴曲《胡笳十八拍》，凄凉哀怨。即使胡人听了，也泪如雨下，浸湿了边地的野草。汉朝使臣听后，也不由得为之断肠。从她的琴声中，可以感觉到古时边塞戍地的苍凉，仿佛看到在寒风中熊熊燃烧的烽火。大漠荒原的天空，雪花漫天飞舞，白茫茫的一片，荒凉阴沉。

此时，董大拨弄琴弦，抑扬顿挫的乐音从指尖流出，好像边城四郊树林的枯叶被风突然吹起的撼撼之声。董先生的琴音似乎能和天上的神明沟通，引来妖精躲在松林偷听。琴声时缓时急，美妙动听；忽高忽低，荡气回肠，柔情万千。

山林中百鸟本已散尽，听到了美妙的琴声，又飞了回来凝神谛听。笼罩原野的乌云被琴声驱散，云开见日，艳阳普照。琴声忽又变得沙哑低沉，像离群的雏雁在漫漫的黑夜中哀鸣，又像离开母亲的胡儿发出的断断续续的抽泣声。江河为之寂静，百鸟为之安宁。幽咽的琴声表达了乌孙公主思乡、文成公主远嫁的哀怨之情。深沉、凄婉的琴声忽然变得轻盈飘洒起来，如长风吹过树林，像骤雨击打房顶。时而又像泉水喷射，树梢在寒风中颤抖，发出瑟瑟的声音；时而又像堂前的野鹿呦呦鸣叫，孤凄惹人怜。房给事的官署在宫廷东面，与皇宫相对。房公虽才高位重，却淡泊名利，对董君的琴艺赏识有加，日夜盼望董君能抱琴而至，奏上一曲。

本诗是一首较早描写音乐的好诗。明赞美董大之琴艺绝伦，暗称颂房管之品行高洁，寄托作者倾慕之情。诗人以各种具体的形象来比喻琴声之美，出神入化，让读者易于感受。没有音乐的人生就如同没有绿洲的沙漠。古人云：生不满百，不如意者十之八九。太白有诗："人生得意须尽欢，莫使金樽空对月。"酗酒伤身，何如仙乐一曲，缠绵悱恻，荡气回肠，荣辱抛于九天，得失置之身后。月下独奏，迎风长啸，此乐何极。

听安万善吹觱篥歌

李　颀

南山截竹为觱篥①，此乐本自龟兹出。
流传汉地曲转奇，凉州胡人为我吹。
傍邻闻者多叹息，远客思乡皆泪垂。
世人解听不解赏，长飙风中自来往。
枯桑老柏寒飕飗，九雏鸣凤②乱啾啾。
龙吟虎啸一时发，万籁百泉相与秋。
忽然更作渔阳掺③，黄云萧条白日暗。
变调如闻杨柳春④，上林繁花照眼新。
岁夜高堂列明烛，美酒一杯声一曲。

72

【注释】

①觱篥：古代的一种管乐器，汉代由西域传入中原，形似喇叭，以芦苇做嘴，以竹做管，吹出的声音十分悲凄。

②九雏鸣凤：古乐府中有"凤凰鸣啾啾，一母将九雏"诗句，喻指乐声低沉而嘈杂。

③渔阳掺：鼓曲名，渔阳一带民间鼓曲，其音悲壮。

④杨柳春：指古曲《折杨柳》，曲调欢快清新。

【鉴赏】

取南山青竹一节，做成觱篥。这种管乐器本来产于龟兹，流入汉地后，吹出的曲调变得更加新奇。凉州胡人安万善为我吹奏这种乐器，其声悲凉，四座听了都长吁短叹，家在远方的游子闻之不禁怆然泣下。大家只能理解曲子表层的意思，却不能领悟其深奥的内涵。曲音时而急骤，如疾风飞过；时而凄切，似风吹过枯桑老柏。忽而像九只幼小的凤凰细碎的啾啾声；忽而又似虎啸山林、龙吟深潭，同时伴着成百条秋泉的流淌声和自然万物发出的各种声响。

忽然又响起《渔阳掺》，其音悲怆阴沉，像一朵孤零零的黄云飘浮在暗淡的天空中。

接着一转，又如杨柳荡漾在浓浓的春意中，明快悠扬，好似春风拂柳，时而又如繁花似锦的上林苑，令人眼花缭乱，美不胜收。

除夕之夜，大堂上点着一排排蜡烛，灯火辉煌，大家举杯之后，又是一曲响起。一曲歌罢酒一杯，夜阑人静，琴声幽咽。

觱篥之乐，其音凄清，闻者悲凉。其声多变，九雏鸣凤，龙吟虎啸。诗人身处异乡，时值除夕，孤寂凄苦之情尽在悲壮凄婉的音乐之中。

此诗是写听音乐诗的一个里程碑，自此诗之后，音乐诗成为中国古代诗歌中的要项之一。音乐本是表达人的思想感情的一种重要形式，每个人都可以从音乐中找到灵魂的慰藉。清平盛世的今天，到处莺歌燕舞。音乐早已不单是一种消遣，它也可以左右人的心志。

夜归鹿门①歌

孟浩然

山寺钟鸣昼已昏，渔梁②渡头争渡喧。

人随沙岸向江村，余亦乘舟归鹿门。

鹿门月照开烟树，忽到庞公③栖隐处。

岩扉④松径长寂寥，惟有幽人⑤自来去。

【注释】

①鹿门：山名，在湖北襄阳东南，作者曾隐居于此。

②渔梁：渡口名，在襄阳东，离鹿门很近。

③庞公：庞德公，东汉隐士，躬耕田亩。荆州刺史刘表请之为官，庞公不愿屈从，后携妻登鹿门山采药，不返。

④岩扉：岩穴的门。

⑤幽人：幽居山林之人，此指作者。

【鉴赏】

山寺传来阵阵钟声，天色已近黄昏，渔梁渡头，一片争渡的喧闹声。人们沿着沙岸，向着江畔的村落归去。我也乘着小舟，摇橹回到隐居的鹿门。月光照亮烟雾笼罩的树林，我不知不觉来到东汉庞德公隐居的住处。岩穴的门与松林中的幽径永远都是那样的清幽寂静，只有我这个遁世无为的幽人在此独自来往。

这是歌咏归隐情趣的诗。渡头的喧哗与隐居的寂静形成了鲜明的对比。俗人一生蝇营狗苟，谈得上什么精神追求，唯有诗人能与先贤神交。难怪高人要隐居独处，不屑穿梭于俗世之中。

庐山谣^①寄卢侍御虚舟

李 白

我本楚狂人，凤歌笑孔丘。

手持绿玉杖，朝别黄鹤楼。

五岳寻仙不辞远，一生好入名山游。

庐山秀出南斗^②旁，屏风九叠云锦张。

影落明湖青黛光。金阙前开二峰长，

银河倒挂三石梁。香炉瀑布遥相望，

回崖沓嶂^③凌苍苍。翠影红霞映朝日，

鸟飞不到吴天长。登高壮观天地间，

大江茫茫去不还。黄云万里动风色，

白波九道^④流雪山^⑤。

好为庐山谣，兴因庐山发。

闲窥石镜清我心，谢公行处苍苔没。

早服还丹^⑥无世情，琴心三叠^⑦道初成。

遥见仙人彩云里，手把芙蓉朝玉京。

先期汗漫九垓上，愿接卢遨游太清。

【注释】

①谣：古代指不用乐器伴奏的歌唱。

②南斗：即斗宿星。六星排列如斗勺形，因位于南方天空，故称南斗。

③沓嶂：高而重叠的山峰。

④九道：古代地志说，长江流到浔阳（今江西九江）境内，分为九条支流。

⑤雪山：长江白浪翻滚，状如雪山。

⑥还丹：古时道家炼丹，先炼丹砂为水银，再炼水银为丹砂，所以叫作"还丹"。道家以为服后可以成仙。

⑦琴心三叠：道家修炼的术语，指修炼的功夫精深，达到心和神悦的境界。

【鉴赏】

我原本是像楚国接舆那样的狂人，唱歌讥讽孔丘不识时务，枉自四处奔走游说。手执神仙使用的绿玉杖，一清早就辞别黄鹤楼去四方云游。为了寻访仙人，我遍访三山五岳也不辞遥远，我这一生最爱去名山大川遨游。

南斗星旁是风光秀丽的庐山，九叠屏如锦缎般的云霞铺展开来，山影落入湖中，湖光粼粼，青黛绮丽。金阙前香炉峰和双剑峰，高耸对峙，三石梁的瀑布，恰似银河倒挂山间。香炉峰的瀑布，与之遥遥相望，峻崖环绕，峰峦重叠，高接云天。苍翠的山色映着朝阳，红霞更加绚丽多彩。庐山峰高，飞鸟不至，吴地天阔，广漠无际。

登临庐山之巅，纵览天地之间，才领略天地的壮观。俯瞰茫茫长江水滚滚东流，一去不复还。万里长空，黄云滚滚，两岸的景色变幻不定，长江九条支流，波涛汹涌，翻滚着雪山一般的白浪。我喜欢作赞美庐山的歌谣，庐山令我诗兴大发。

悠闲地对着石镜峰窥看，我更加心清意畅，谢灵运当年走过的山道，早已布满了厚厚的青苔。

我早服用了仙丹，已了却世俗之情，心神宁静，感觉仙道初成。遥望苍穹，仙人们正驾着彩云，手捧芙蓉到玉京山，去朝拜天尊。我早与汗漫仙人相约在九天之上，君如有意，我愿偕你同游仙境。

庐山秀绝，山影映湖，湖光青黛；瀑布飞落，山崖高峻；长江滔滔，黄云滚滚……但李白"醉翁之意不在酒"，他并非为庐山秀色而写庐山。李白本有济世的抱负，可是始终不能如愿，内心有无穷的愁闷，于是遨游于山水之间，以求摆脱尘世的失意。

梦游天姥吟留别

李白

海客^①谈瀛洲^②，烟涛微茫信难求。

越人语天姥，云霓明灭或可睹。

天姥连天向天横，势拔五岳掩赤城。

天台四万八千丈，对此欲倒东南倾。

我欲因之梦吴越，一夜飞渡镜湖月。

湖月照我影，送我至剡溪。

谢公^③宿处今尚在，渌水^④荡漾清猿啼，

脚着谢公屐，身登青云梯。

半壁见海日，空中闻天鸡^⑤。

千岩万转路不定，迷花倚石忽已暝。

熊咆龙吟殷岩泉^⑥，栗深林兮惊层巅。

云青青兮欲雨，水澹澹兮生烟。

列缺霹雳，丘峦崩摧。

洞天石扇，訇然^⑦中开。

青冥浩荡不见底，日月照耀金银台。

霓为衣兮风为马，云之君⑧兮纷纷而来下。

虎鼓瑟兮鸾回车，仙之人兮列如麻。

忽魂悸以魄动，恍惊起而长嗟。

唯觉时之枕席，失向来之烟霞。

世间行乐亦如此，古来万事东流水⑨。

别君去兮何时还？且放白鹿青崖间，

须行即骑访名山。安能摧眉折腰事权贵，

使我不得开心颜！

【注释】

①海客：从海上归来的客人。

②瀛洲：神山名。相传东海有三座神山，即蓬莱、方丈、瀛洲，是神仙居所。

③谢公：南朝诗人谢灵运，少博学，工书画，诗文纵横俊发，开文学史上山水诗一派。谢灵运游天姥，曾投宿剡溪，有诗："暝投剡中宿，明登天姥岑。"

④渌水：渌，通"绿"，清水。

⑤天鸡：《述异记·下》："东南有桃都山，上有大树，名曰桃都，枝相去三千里，上有天鸡，日初照此木，天鸡则鸣，天下之鸡则随之鸣。"

⑥殷岩泉：声音震响于山岩泉水之间。殷，形容声音很大。

⑦訇然：形容声音巨大。

⑧云之君：指云神。此泛指众神仙。

⑨"世间"二句：这两句说人世间的欢乐也像梦幻一样，古往今来，一切事情都像东流之水，一去不返。

【鉴赏】

海上归来的商客，向我谈起东海三座仙山之一的瀛洲，说它在烟涛浩渺之中，实在难以寻见。越人说那里的天姥山，更是奇峰异景，浮在彩霞中时隐时现。天姥山高耸入云，像是横卧天际，磅礴气势超过五岳，俊奇灵秀远胜仙山赤城，气势无比。那传说高达四万八千丈的天台山，也向东南倾斜拜倒在天姥山脚下。我因此想游吴越，一睹仙山。果真好梦成真，天遂我愿，皓月之夜，我飞渡镜湖。湖上明月清辉，将我的身影映在湖中，又把我送到剡溪。当年谢灵运的住处，至今犹在，清波荡漾，猿猴长啼。我脚上穿着谢灵运登山用的木屐，攀登峻峭峰峦，如上青天云梯。在半山腰，便可看见东海日出，在半空中，便可听到天鸡鸣啼。峰岩沟谷中石径盘旋，道路千回万转。花香醉人，我不由得停下脚步，倚石赏花，忽觉天色已晚。熊的吼声和龙的吟声震响在岩泉之间，深林为之惊恐，峰峦为之战栗。乌云低垂，似乎快要下雨，水波荡漾，湖面升起云烟。闪电划破长空，一声惊雷巨响，山丘峰峦，仿佛突然崩裂倒塌。神仙居住的洞府石门，在轰隆声中打开。洞里长空浩荡，不见边际，日月交相辉映，照耀着神仙所居的金银台。众神仙以彩虹为衣，以长风做马，他们足踏祥云，纷纷飘然而下。猛虎为之鸣瑟，鸾鸟为之驾车，群仙列队如麻，欢迎我这位凡人的光临。忽然觉得心惊胆战，惊魂动魄。恍惚中被惊醒，不免长叹，醒来时所见的，唯有身边枕席，方才美丽的烟霞，神奇的仙境，已经不见影踪。人世间寻欢作乐之事，也如同梦幻，转瞬即逝，古今多少事都付诸那滔滔东流水，一去不回。我与诸君作别，不知何时回还？暂且放养白鹿在那青崖之间，出游时便骑上它，遍访名山大川。我岂能俯首弯腰，去侍奉权贵，使我不开心！

李白于天宝元年（742）应玄宗之召进长安。满以为可以一展政治抱负，结果供奉翰林，"倡优蓄之"而已，就是把他当作唱戏的戏子一样养起来，仅供皇帝和权贵们玩乐罢了。天宝三年（744），李白被赐金放还，由长安返回东鲁家园。次年，漫游吴越，此诗便是他临行前留赠朋友的。诗末"安能摧眉折腰事权贵，使我不得开心颜"，直抒胸臆。诗人蔑视权贵，鄙弃尘俗，愿去寻仙访道，自由自在，驰骋闲放，不为五斗米折腰，真可同列于仙人之班。难怪乎后人称之为"诗仙"。

金陵酒肆^①留别

李 白

风吹柳花满店香，吴姬^②压酒唤客尝。
金陵子弟来相送，欲行不行各尽觞^③。
请君试问东流水，别意与之谁短长。

【注释】

①酒肆：酒店。
②吴姬：金陵古属吴国，酒店的侍女故称"吴姬"。
③尽觞：干杯之意。

【鉴赏】

春风满店，柳絮飞扬，美酒飘香，吴女殷勤劝酒。金陵的年轻朋友都来为我饯行，就要启程的和前来送别的朋友，相互开怀畅饮，述说离情，依依不舍。面对滚滚东流的长江水，请问诸位朋友，这滔滔东流水，与我们的离情别绪相比，孰短孰长？

吴女殷勤劝酒，金陵少年相送。风吹柳花，离情似水。
走的痛饮，留的尽杯。情绵绵，意切切，句短情长，语浅意
深。李白才高行洁，轻财好施。他的人伦风范为当时人们所
心仪。为了一瞻李白的风采，任华、魏万不远千里追踪相
从；"四明狂客"贺知章一见李白，惊呼为"谪仙人"，解
下随身所佩的金龟相赠；门人武七则甘愿赴汤蹈火，越过安
禄山叛军的占领区到东鲁接回诗人的子女。李白所到之处，
敬慕者络绎不绝。

宣州谢脁楼饯别校书叔云①

李　白

弃我去者，昨日之日不可留。
乱我心者，今日之日多烦忧。
长风万里送秋雁②，对此可以酣高楼。
蓬莱文章③建安骨④，中间小谢⑤又清发。
俱怀逸兴壮思飞，欲上青天览⑥明月。
抽刀断水水更流，举杯消愁愁更愁。
人生在世不称意，明朝散发弄扁舟。

【注释】

①叔云：李白族叔李云，曾任秘书省校书郎。

②秋雁：喻李云。

③蓬莱文章：东汉藏书于蓬莱，因所藏都是幽径秘录，故冠以蓬莱仙山之称。这里指李云供职的秘书省。

④建安骨：建安为汉献帝的年号。当时曹操、曹植、孔融、王粲、陈琳、徐干、刘桢、阮瑀等以诗词歌赋反映社会动乱和人民流离失所的痛苦，表现出对时政的不满和对理想生活的追求，情调慷慨悲凉，风格苍劲刚健，后人称之"建安风骨"。

⑤小谢：南朝诗人谢灵运与才思敏捷的族弟谢惠连并称"大小谢"。这里以谢惠连喻谢朓，其以山水风景诗见长，后人将之与谢灵运并举，因之生于后，故称之为"小谢"。

⑥览：通"揽"，摘取。

【鉴赏】

弃我而去的昨日，已无法挽留，令我心烦意乱的今朝，平添几多忧愁。秋空如洗，长风万里吹送秋雁南来。景色如此壮丽，赏心悦目，正可在高楼开怀畅饮。校书郎，你的文章如蓬莱宫幽藏，刚健遒劲，颇有建安风骨，而我自忖才可比谢朓，诗歌亦清发隽秀。我叔侄俩都胸怀逸兴豪情，壮志凌云，想上九天摘揽明月。然而，壮志难酬，内心烦忧，这愁闷恰如流水，抽刀断之，须臾更流，以酒消愁，却是愁上加愁。人生一世，如此不能称心如意，不如明朝披散头发，驾一叶扁舟漂流江湖，再不理会这尘世的烦恼，去过隐居放浪的日子。

李白似乎有发不完的牢骚，他自忖有谢朓之才，满腹经略，可是却被朝廷视为倡优，自己"欲上青天览明月"的雄心壮志何以能实现？于是，不遇的牢骚自然满纸皆是，不过其诗豪迈豁达，不似其他的牢骚，读了使人心情沉重，反而可以扫去读者心中许多的郁闷。

走马川^①行奉送封大夫^②出师西征

岑 参

君不见，走马川行雪海^③边，平沙莽莽黄入天。

轮台^④九月风夜吼，一川碎石大如斗，随风满地石乱走。

匈奴^⑤草黄马正肥，金山^⑥西见烟尘飞，汉家^⑦大将西出师。

将军金甲夜不脱，半夜军行戈相拨，风头如刀面如割。

马毛带雪汗气蒸，五花连钱^⑧旋作冰，幕中草檄砚水凝。

虏骑闻之应胆慑，料知短兵不敢接，军师^⑨西门伫献捷。

【注释】

①走马川：又名左末河，即今之车尔臣河，在新疆塔里木盆地南部。

②封大夫：即封常清，唐代大将，曾为安西四镇节度使高仙芝侍从，因颇有见识，深得高仙芝重用，屡立奇功，先后任安西北庭节度使、伊西节度使等，后参加征讨安禄山，兵败退守潼关，被监军边令诚所害。

③雪海：指沙漠。

④轮台：唐北庭都护府属地，在今新疆维吾尔自治区境内。

⑤匈奴：古代北方少数民族，主要活动在战国至魏晋南北朝时期。此处代指唐朝时活动在西北广大地区的回纥。

⑥金山：即阿尔泰山。突厥语称"金"为"阿乐泰"，在今新疆北部和蒙古国西部，以产金矿出名。

⑦汉家：这里借指唐朝。

⑧五花连钱：即五花和连钱，均指名贵马匹的毛色。

⑨军师：这里应为"车师"，地名。车师，唐安西都护府所在地，今新疆吐鲁番市。

【鉴赏】

君可曾看见，走马川奔流在像海一样的沙漠雪地上，茫茫的黄沙充塞天地，日月无光，天昏地暗。才九月，轮台的晚上就已经狂风怒吼，河川里斗大的碎石被狂风吹得满地乱滚。秋高草黄，胡人的马已养得膘肥体壮。在阿尔泰山的西面，烽烟四起，尘土飞扬，胡人的军队已大举入侵，唐朝的大将正带兵前往迎击。将军夜里睡觉也不脱下盔甲，半夜急行军，士兵们的长枪相互碰擦，寒风和着黄沙，吹打在脸上，如刀割一般疼痛。落到马毛上的雪被汗气融化，立即又在马毛上结成了冰碴。在帐中起草讨敌檄文，砚台上的墨汁也凝结成了冰。胡人的骑兵一定已闻风丧胆，料他们不敢来跟我军短兵相接，我军胜利必定指日可待，我们就伫立在这车师西门，等候封大夫的捷报传来。

雪海茫茫，黄沙满天，石大如斗，随风乱走，寒风割面，墨汁成冰，环境何其恶劣，作战艰苦可想而知。送友上阵，无半点离愁，全诗激越豪壮，充满必胜的信念。今日读此诗，依然惊叹于"一川碎石大如斗，随风满地石乱走"的胡天九月狂风。唐军的英雄气概令人振奋，使人钦佩。

轮台歌奉送封大夫出师西征

岑 参

轮台城头夜吹角，轮台城北旄头落[①]。
羽书昨夜过渠黎[②]，单于已在金山西。
戍楼[③]西望烟尘黑，汉兵屯在轮台北。
上将拥旄[④]西出征，平明吹笛大军行。
四边伐鼓雪海涌，三军大呼阴山动。
虏塞兵气连云屯，战场白骨缠草根。
剑河风急云片阔，沙口石冻马蹄脱。
亚相[⑤]勤王[⑥]甘苦辛，誓将报主静边尘。
古来青史谁不见，今见功名胜古人。

【注释】

①旄头落：意谓胡人败亡之兆。旄头，即髦头，二十八宿中的昴宿，旧时称其为"胡星"，认为它象征北方的胡人。

②渠黎：又作渠犁，汉西域国名，在今新疆维吾尔自治

区轮台县东南。

③戍楼：古代边防驻军的瞭望楼。

④旄：旄节，以旄牛尾装饰，古代用作使臣或镇守一方的军事长官的标志物，国君授之作为节制军队、掌赏罚权力的象征。

⑤亚相：指封常清。当时封常清以节度使之职摄御史大夫之事，而御史大夫在汉代地位仅次于宰相，故称其为"亚相"。

⑥勤王：为君王效力。

【鉴赏】

夜里，轮台城头响起了阵阵号角。在轮台城北的天空中，象征北方胡人的昴星坠落了。插有羽毛的紧急军书昨夜飞骑送到渠黎，报告单于的兵马已到了金山之西。从岗楼上向西望，只见黑色烟尘弥漫，大唐的军马也已屯驻在轮台的城北。手持旄节的大将军，率领威武之师出兵西征。凌晨吹号集合，大军浩浩荡荡起程。唐军声势浩大，军阵四边擂动战鼓，宛如雪海汹涌，三军将士的呐喊声震动了巍峨的阴山。敌营上空的乌云屯集，阴气森森。战争异常惨烈，战场上寒风怒号，荒草中可见尸骨累累，肃杀悲凉，阴森恐怖，令人心惊。剑河上寒风呼啸，天空中阴云密布；沙口石冻，战马的铁蹄都被冻掉了。为了报效国家，封亚相甘愿忍受艰辛困苦，发誓要报答君恩，平定边境的战火，扫清边尘，让边塞安宁。谁不知道从古至今名垂青史的英雄？且看今朝，封将军不畏艰辛，御敌为国，功勋卓著，功名胜过古人。

本诗同"醉卧沙场君莫笑，古来征战几人回"之意境迥然不同，同是上阵杀敌，舍生忘死，却无半点凄苦之情，而是意气昂扬、豪情满怀。抵抗外侵，报效国家，即便是马革裹尸又有何憾。阴风怒号，刀光剑影，尸横遍野，血流成河，好男儿战死沙场，为国捐躯，死得其所！死得光荣！然而，君可见封亚相一人彪炳史册，可曾有人想到那无以数计的英烈魂断异域，所谓"一将功成万骨枯"啊！

白雪歌送武判官归京

岑 参

北风卷地白草折，胡天①八月即飞雪。

忽如一夜春风来，千树万树梨花开。

散入珠帘湿罗幕，狐裘不暖锦衾②薄。

将军角弓不得控③，都护铁衣冷难着。

瀚海④阑干⑤百丈冰，愁云惨淡万里凝。

中军置酒饮归客，胡琴琵琶与羌笛。

纷纷暮雪下辕门⑥，风掣红旗冻不翻。

轮台东门送君去，去时雪满天山路。

山回路转不见君，雪上空留马行处。

【注释】

①胡天：指塞北的天空。

②锦衾：织锦的被子。

③控：拉开。

④瀚海：沙漠。

⑤阑干：纵横的意思。

⑥辕门：将帅衙署的外门。

【鉴赏】

北风席卷大地，坚韧的白草都被吹折，塞北的天空八月就纷纷扬扬下起了大雪。一夜间，宛如春风忽然吹来，千树万树好像开满了雪白的梨花。雪花飘进珠帘，浸湿了锦绣的帷幕，穿着狐皮袍子也不暖和，锦面的被子也嫌太薄，无法抵御塞外的严寒。将军双手冻僵，角弓也不能拉开，都护的铠甲冰凉透骨，难以穿上身。浩瀚无边的沙漠结冰百丈，裂纹纵横，万里长空阴云凝聚。主帅帐中摆酒为归客饯行，弹起胡琴、琵琶，吹起羌笛以助酒兴。暮色中，辕门外大雪纷

飞，冻硬了的红旗风都吹不动。轮台东门外，我们送你回京
去，临行时大雪已封山。山路迂回曲折，漫天雪花飞舞，转
眼间，已看不见归客的身影，雪地上只留下一串马蹄印迹。

北风卷地，百草摧折；角弓难开，铁衣难着；冰冻百
丈，愁云万里。胡天如此奇寒，可见边地征战将士生活环境
的艰苦。末尾一句有人去楼空之感，离情别意尽在心头。生
活在南国的人，实在难以想象北地的冰天雪地，在那样的情
境中送别友人，该是怎样一种惆怅的心情。

韦讽录事宅观曹将军画马图

杜 甫

国初已①来画鞍马，神妙独数江都王。

将军得名三十载，人间又见真乘黄②。

曾貌先帝照夜白③，龙池十日飞霹雳。

内府殷红玛瑙盘，婕妤传诏才人索。

盘赐将军拜舞归，轻纨细绮相追飞。

贵戚权门得笔迹，始觉屏障生光辉。

昔日太宗拳毛䯄，近时郭家④狮子花。

今之新图有二马，复令识者久叹嗟。

此皆战骑一敌万，缟⑤素漠漠开风沙。

其余七匹亦殊绝，迥若寒空动烟雪。

霜蹄蹴踏长楸间，马官厮养森成列。

可怜九马争神骏，顾视清高气深稳。

借问苦心爱者谁，后有韦讽前支遁⑥。

忆昔巡幸新丰宫，翠华拂天来向东。

腾骧⑦磊落三万匹，皆与此图筋骨同。

自从献宝朝河宗⑧，无复射蛟江水中。

君不见金粟堆前松柏里，龙媒去尽鸟呼风。

【注释】

①已：同"以"。

②乘黄：传说中帝舜时的神马，其状如狐，背有角。

③照夜白：骏马名。唐玄宗时，西域拔汗那（今乌兹别克斯坦一带）进献。

④郭家：指唐代名将郭子仪，历玄宗、肃宗、代宗三朝，治军严明，战功卓著。

⑤缟：白色的画绢。

⑥支遁：东晋名僧，世称支公、林公，二十五岁出家，喜欢养马。

⑦腾骧：腾跃奔驰。

⑧"自从"句：喻帝王去世。据《穆天子传》记载：周穆王西游，至阳纡之山，投璧于河中，以敬黄河之神河伯，河伯于是与穆王翻阅图曲，"观天子之宝器"，周穆王不久即去世。这里指玄宗去世之事。

【鉴赏】

自从大唐开国以来，擅长描绘鞍马的画家中，画技最为精妙传神的只有皇侄江都王李绪。曹将军画马出名已有三十年，是李绪以来画马最好的画家，他的作品使人间又见到真正的古代神马"乘黄"的风采。

他曾描绘先帝玄宗的骏马"照夜白"，用了十天的时间在宫中画成，画得精妙传神令人赞叹不已，就像龙池上蛟龙飞舞，电闪雷鸣。皇宫内库珍藏的殷红玛瑙盘是稀世珍宝，婕妤传下御旨命才人将它取来赏赐给曹将军。将军接受赐盘后，叩拜皇恩而归。皇帝同时还赏赐给将军许多精细的丝绢。

皇亲国戚、达官贵族谁要能挂上曹将军的画作，就会觉得府第增辉。当年唐太宗有著名宝马"拳毛𫘨"，近代郭子仪将军家中有御赐的骏马"狮子花"。而今，这新画中就有这两匹马，使得识马的人赞不绝口。这可是君王和一代名将的坐骑，都是以一胜万的战马。展开画绢，如见骏马驰骋沙场，风沙满天。其余七匹也都不同凡响，极为特殊，远远看去，就像寒空中飘舞的烟雪。白蹄的骏马行走在大道上，马倌和役卒肃立排列两侧。九匹马争相显示它们的神俊，昂首阔视，显得高雅深沉、安稳沉着，气度非凡。

请问古往今来，有谁是真心喜爱英姿勃勃的骏马？今有韦录事，古有东晋的支遁公，都是名扬天下。想当年玄宗皇帝巡幸新丰宫，仪仗队的翠华旗随风飘舞，浩浩荡荡直奔向东。腾飞跳跃的三万匹骏马都与画图中的神驹形神相似。就像河伯献宝之后，穆王归天，自从玄宗先帝仙逝后，再也不能射蛟于江中。如今，你可看见金粟堆先帝玄宗陵寝前松柏林里，神驹已去，只留下林鸟啼叫在风雨之中。

金粟堆前，松柏声里，唯闻鸟啼，不见神骏。真是人世沧桑，浮生若梦。诗人历经玄宗、肃宗、代宗三朝，自有此感。此诗是诗人在代宗广德二年（764）作于成都。诗中明写马，暗写人，字里行间流露出作者对先帝忠诚之意。

丹青引^① 赠曹霸将军

杜　甫

将军魏武^②之子孙，于今为庶为清门。

英雄割据虽已矣，文采风流今尚存。

学书初学卫夫人③，但恨无过王右军。

丹青不知老将至，富贵于我如浮云。

开元之中常引见，承恩数上南熏殿。

凌烟功臣少颜色，将军下笔开生面④。

良相头上进贤冠，猛将腰间大羽箭。

褒公鄂公毛发动，英姿飒爽来酣战。

先帝御马玉花骢，画工如山貌不同。

是日牵来赤墀⑤下，迥立阊阖生长风。

诏谓将军拂绢素，意匠惨淡经营中。

斯须九重真龙出，一洗万古凡马空。

玉花却在御榻上，榻上庭前屹相向。

至尊含笑催赐金，圉人太仆皆惆怅。

弟子韩幹⑥早入室⑦，亦能画马穷殊相。

幹惟画肉不画骨，忍使骅骝气凋丧。

将军画善盖有神，偶逢佳士亦写真。

即今漂泊干戈际，屡貌寻常行路人。

途穷反遭俗眼白，世上未有如公贫。

但看古来盛名下，终日坎壈⑧缠其身。

【注释】

①丹青引：即绘画歌。

②魏武：指曹操，三国时封为魏王。其子曹丕称魏帝后，追尊为魏太祖武皇帝。

③卫夫人：晋代汝阳太守李矩之妻，著名书法家，王羲之曾向她学习书法。

④生面：新的容貌。

⑤赤墀：又称丹墀，用红漆涂过的宫殿的台阶。墀，台阶上的空地，亦指台阶。

⑥韩幹：唐著名画家，玄宗时官太府寺丞，初以曹霸为师，后自成一派，也善于画鞍马人物，所画马多臕肥体壮。

⑦入室：指最优秀的弟子，得到老师真传者。

⑧坎壈：困顿，不得志。

【鉴赏】

曹将军本是魏武帝曹操的后代，而今却沦为一介布衣，家境贫寒。虽然先人曹操那个英雄割据的时代已一去不复返了，然而，将军身上却遗传曹家文章的风采。你当年拜师卫夫人学习书法，只恨没能超过王羲之。将军毕生专攻绘画，把荣华富贵看得轻如浮云，不知老之将至。

开元年间，你常被唐玄宗召见，承蒙君王垂青，你曾多次登上南熏殿。凌烟阁的功臣画像年久褪色，奉君王之命，曹将军你挥笔重画，使这些功臣的画像栩栩如生。良相们的头都戴上了进贤冠，猛将们的腰间皆佩带着大羽箭，那褒公鄂公的毛发似乎还在抖动，他们英姿飒爽，好像是正与敌人厮杀。

先帝玄宗皇帝的御马名叫玉花骢，无数的画家都画不出御马的真容。一天，玉花骢被牵到殿中红阶下，昂首屹立，神气非凡，宛如从天门吹来一股劲风。皇上命令你展开白绢为御马作画，你匠心独运，片刻间皇家神骏就显现在白绢上，历代画师笔下的马一下子相形见绌。玉花骢图被送到皇帝榻前，榻上的骏马和阶前屹立的真马相望，惟妙惟肖。皇上高兴，催促着左右赶快赏赐你黄金，太仆和马倌们个个看得目瞪口呆。

将军的门生韩干早年得到你的真传，也能描绘骏马非凡的形象。但韩干画的马重肉不重骨，重形似而轻神似，常使骅骝那样的骏马生气凋敝丧失。

将军以前的画精美绝伦，是因为重神韵，偶逢真正的高尚之士才肯动笔为他写生，而今你在兵荒马乱之际四处漂泊，为了生计，不得不为普通的路人画像。你落泊到这种地步，反而遭受世俗之人的白眼，人世间从未有像你这样清贫的将军。唉！不过看看历来那些享有盛名的人，有谁不是终日穷愁纠缠，命运坎坷，一生潦倒？

技艺如此精湛绝伦的画师，竟在战乱年代中落泊江湖，以为路人画像为生，连那无知的俗人都白眼相看，真是人生无常、世态炎凉，也寄寓了诗人晚年失意的怅惘。

寄韩谏议

杜 甫

今我不乐思岳阳，身欲奋飞病在床。

美人①娟娟②隔秋水，濯足洞庭望八荒。

鸿飞冥冥③日月白，青枫叶赤天雨霜。

玉京群帝④集北斗，或骑麒麟翳⑤凤凰。

芙蓉旌旗烟雾落，影动倒景摇潇湘。

星宫之君醉琼浆，羽人稀少不在旁。

似闻昨者赤松子⑥，恐是汉代韩张良。

昔随刘氏定长安，帷幄⑦未改神惨伤。

国家成败吾岂敢，色难腥腐餐枫香。

周南留滞⑧古所惜，南极老人应寿昌。

美人胡为隔秋水，焉得置之贡玉堂。

【注释】

①美人：古诗中多用来指作者思念的人。

②娟娟：美好的样子。

③冥冥：指高远的天空。

④玉京群帝：道教认为天上有三十二天，各有一位天帝，这些天帝都居住在玉京。

⑤翳：通"翼"，驱使。

⑥赤松子：传说中的神仙。《列仙传》记载，赤松子，"神农时雨师也，能入火自烧，昆仑山上随风雨上下"。

⑦帷幄：指军中帐幕，此指谋国之心。

⑧周南留滞：《史记》记载，汉武帝继位后，登泰山封禅，太史公司马谈被留在周南，不得随行，因而气愤而死。此指不得重用。

【鉴赏】

想起隐居岳阳的韩注，我心情变得十分沉重。想要飞渡长江去拜望老友，却卧病在床，动弹不得。遥隔长江的韩注，他品行端庄，洞庭湖水为他濯足，宇宙八方之景都呈现在他的眼前：鸿鹄振翅高飞于茫茫的天地日月之间，秋降寒霜，枫叶已渐渐变红。

玉京山的众位仙君一齐到北斗星宫聚集，有的骑着麒麟，有的驾着凤凰。绣着荷花的旌旗淹没在烟雾之中，潇水和湘水荡着涟漪，倒影随着波光摇晃。星宫中的众位仙君开怀畅饮，沉醉于玉露琼浆，只是近旁少了那位羽衣仙人。

听说他好像是昔日的赤松子，也可能更像是那位汉朝开国元勋、韩国良相之后张良。当年他追随刘邦夺取天下，定都长安，运筹帷幄之心常存，却为高官厚禄而黯然神伤。天下兴亡，本不敢袖手旁观，却又厌恶腥腐的世道，于是功成身退，隐居山林去享受枫叶的清香。

唐代宗永泰元年（765），杜甫故交，也是他避难成都的依靠——严武去世，蜀中又大乱，因此，他带着全家老小，登上一条小船，过起流浪逃难的生活。最初的目的大概是要沿长江东下出川，途中却因疾病和战乱等缘故，滞留了很久。先是在云安居住了一段时间，后又在夔州居住了近两年。

此诗大约是杜甫流落夔州时所作。杜甫自己上无片瓦，下无立足之地，连生存都受到威胁，前途也十分渺茫，心中却还感念天下事，还劝勉韩注重返朝堂，报效君王，可见其忧国忧民之心，也可见其从小受到的正统儒家思想教育在他心灵深处留下的烙印之深。"奉儒守官，未坠素业"，一个封建士大夫的拳拳忠君之心，殷殷爱民之情真可与日月同辉，光照千秋。

古柏行

杜 甫

孔明庙前有老柏，柯①如青铜根如石。

霜皮溜雨②四十围，黛色参天二千尺。

君臣已与时际会，树木犹为人爱惜。

云来气接巫峡长，月出寒通③雪山白。

忆昨路绕锦亭④东，先主武侯同閟宫⑤。

崔嵬枝干郊原古，窈窕⑥丹青户牖空。

落落⑦盘踞虽得地，冥冥孤高多烈风。

扶持自是神明力，正直原因造化功。

大厦如倾要梁栋，万牛回首丘山重。

不露文章世已惊，未辞剪伐谁能送。

苦心岂免容蝼蚁，香叶终经宿鸾凤。

志士幽人莫怨嗟，古来材大难为用。

【注释】

①柯：树干。

②溜雨：指树皮润滑。

③寒通：指寒冷清凉之气相通。

④锦亭：杜甫在成都时所居草堂之亭，临锦江而立，故名锦亭。

⑤閟宫：原指周的先祖姜嫄（传说是周朝祖先后稷的母亲）的庙，后用来泛指祠堂。成都武侯祠建于先主庙内，故曰"同閟宫"。

⑥窈窕：指宫室、山水幽深。

⑦落落：独立不苟合。

【鉴赏】

武侯诸葛孔明庙前有一棵古老的柏树，枝干色如青铜，树根坚如磐石。

湿润的树皮上斑斑点点，如披秋霜，树干足足有四十围那么大，呈青黑色，高耸入云天。刘备与孔明君臣际会正当乱世，那虽然已成为历史，而这庙前的古木依然挺立，仍受到人们的爱惜。从那长长的三峡飘来的云雾，与这高耸入云的古柏浩气相接。而从白雪皑皑的雪山上升起的月亮洒落的清辉，则与古柏的清寒相通。

昔日我住在成都草堂，绕道去锦亭东边，那儿有一个祠堂，先主刘备和武侯诸葛亮被供奉在一起。庙前高大雄伟的古柏为祠堂增添了不少古色；祠堂院落幽深，彩绘的门窗更显得空寂。古柏独立高耸云霄，虽然有盘踞之地，但是因其孤高入云，必然招来狂风吹袭。它能挺立至今，自然是得到了神明的扶持，它的正直伟岸也源于造物者之功。

大厦如要倾斜，就需要这样的栋梁来支撑，但是古柏重如丘山，即使一万头牛也难拉动。虽然它不露花纹彩理让世人震惊，却希望成为栋梁之材，不辞砍伐之苦，只求能为世人用，但却无人能够采用。

柏树心苦，是因为有蝼蚁侵蚀；柏树叶香，终得鸾凤的青睐。天下仁人志士请不要抱怨叹息，自古以来，大材常常都难得重用。

古柏久经风霜、屹立寒空，不正似武侯孔明雄才大略、耿耿忠心吗？全诗句句咏古柏，声声颂武侯。只可惜诗人空有"致君尧舜上，再使风俗淳"的抱负，一生仓皇奔走，却不得重用，孔明雄才大略能得刘备赏识，得以施展，令诗人艳羡不已。

然而，"古来材大难为用"，诗人满怀匡时佐君的宏愿，却从未被重用过。从诗的字里行间，我们可以感受到诗人的悲愤和辛酸。

观公孙大娘弟子舞剑器行·并序

杜 甫

　　大历二年十月十九日，夔府别驾元持宅，见临颍李十二娘舞剑器①，壮其蔚跂②，问其所师，曰："余公孙大娘弟子也。"开元三载，余尚童稚，记于郾城观公孙氏舞剑器浑脱，浏漓顿挫③，独出冠时，自高头④宜春梨园二伎坊内人，洎⑤外供奉，晓是舞者，圣文神武皇帝初，公孙一人而已。玉貌锦衣，况余白首。今兹弟子，亦非盛颜。既辨其由来，知波澜莫二，抚事慷慨，聊为《剑器行》。昔者吴人张旭善草书帖，数常于邺县见公孙大娘舞西河剑器，自此草书长进，豪荡感激，即公孙可知矣。

　　　　昔有佳人公孙氏，一舞剑器动四方。
　　　　观者如山色沮丧，天地为之久低昂。
　　　　㷸⑥如羿射九日落，矫如群帝骖龙翔。
　　　　来如雷霆收震怒，罢如江海凝清光。
　　　　绛唇珠袖两寂寞，晚有弟子传芬芳。
　　　　临颍美人在白帝，妙舞此曲神扬扬。

与余问答既有以，感时抚事增惋伤。
先帝侍女八千人，公孙剑器初第一。
五十年间似反掌，风尘澒洞昏王室。
梨园子弟散如烟，女乐余姿映寒日[7]。
金粟堆南木已拱，瞿塘石城草萧瑟。
玳筵急管曲复终，乐极哀来月东出。
老夫不知其所往，足茧荒山转愁疾。

【注释】

①剑器：唐代流行的武舞，舞者为戎装女子。

②蔚跂：雄浑矫健，光彩照人。

③浏漓顿挫：形容舞姿活泼而又沉着刚健。

④高头：疑意为“前头”，指常在皇帝面前歌舞的人。

⑤洎：指不居住在宫中，随时奉诏入宫表演的艺人。

⑥㸌：光芒闪烁的样子。

⑦寒日：时在十月，所以称太阳为寒日，也含有漂流他乡，日暮途穷的意思。

【鉴赏】

代宗大历二年（767）十月十九日，我在夔州都督府元持家里，观赏了临颍李十二娘跳的剑器舞，觉得她的舞姿矫健，富于变化，于是就问她的老师是谁。她回答说：“我是公孙大娘的学生。"玄宗开元三年（715），我还年幼，记得还是在郾城看过公孙大娘跳剑器和浑脱舞，舞姿流畅飘逸而且节奏明朗，技艺超群，当时堪称第一。唐玄宗初年，从皇宫内的宜春、梨园弟子到宫外供奉的舞女中，能跳这个剑舞的，只有公孙大娘一人而已。当年，她服饰华美，年轻美貌。如今我已成了白发老翁，眼前她的弟子李十二娘，也已经不是年轻女子了。既然知道了她舞技的渊源，看来是与她的老师一脉相承，抚今追昔，心中感慨无限，姑且作了这首《剑器行》。听说过去吴州人张旭，擅长书草书，在邺县经常观看公孙大娘跳一种西河剑器舞，从此草书书法大有长进，其笔势变得豪迈奔放，激越飞动。由此可知公孙大娘舞技之高超了。

从前有个美貌的女艺人，名叫公孙大娘，她善于剑器舞，闻名遐迩，四方轰动。每当她跳起剑器舞，观众都人山人海。她的剑舞惊心动魄，人人都为之大惊失色，天地似乎也为之倾倒。

其剑光闪烁好像后羿射落了九个太阳，舞姿矫健犹如群神驾龙飞翔。起舞时，鼓声暂歇，好像雷霆停止了震怒；舞停时，手中宝剑的寒光，犹如江面上惊涛骇浪平静下来的波光。

公孙大娘美妙的歌喉、绰约的舞姿，都已成为过去，早已寂寂无闻了，幸有弟子临颖美人李十二娘传承其舞技，让其流芳后世。舞蹈家的弟子李十二娘，如今也流落到白帝城。她和着乐曲翩翩起舞，一如她的老师，舞姿精妙绝伦，神采飞扬。我和她交谈后，得知技艺师传的原委，不由得感慨时势，追思往昔，平添了无限惋惜和感伤。

当年玄宗皇帝的歌伎舞女约有八千人，公孙大娘的剑器舞首屈一指，堪称第一。五十年的光阴，弹指即逝。连年战乱，烽烟弥漫，国运衰微。昔日盛世的梨园弟子都已烟消云散，只留下李十二娘的舞姿犹有盛世女乐的风采，掩映在冬日残照里。

金粟山玄宗墓前的树木已经有合抱那么粗，瞿塘峡白帝城一带，秋草萧瑟，一片荒凉。

豪华的筵宴和赏心悦目的歌舞结束了，乐极而生悲，怅望明月初升，四顾茫然，真不知我这老头子将要奔向何方，一生奔走，流离天涯，双脚都长出了老茧，跋涉在荒山老林之中，越走越觉凄伤。

公孙已逝，剑舞沉寂，幸有李氏流芳；盛世不再，江河日下，唯余忠魂飘零。全诗气势雄浑，沉郁悲壮。诗人观《剑器》舞，感时抚事，大有时序不同，人事蹉跎之感。咏李氏，而思公孙；咏公孙而思先帝，诗人难忘开元盛世，慨叹国运衰微，忧国之心可照日月。杜甫当时正寓居夔州，生计窘迫，流离江湖，观名师弟子李氏舞剑，想到自身境遇：老之将至，壮志未酬，颠沛流离，也发出了"不知其所往"的喟叹。

石鱼湖上醉歌·并序

元 结

漫叟以公田米酿酒，因休暇则载酒于湖上，时取一醉。欢醉中，据湖岸引臂向鱼②取酒，使舫载之，遍饮坐者。意疑倚巴丘酌于君山之上，诸子环洞庭而坐，酒舫泛泛然触波涛而往来者，乃作歌以长③之。

石鱼湖，似洞庭，夏水欲满君山青。

山为樽，水为沼④，酒徒历历坐洲岛。

长风连日作大浪，不能废人运酒舫。

我持长瓢坐巴丘，酌饮四座以散愁。

【注释】

①漫叟：元结的别号。

②鱼：即石鱼湖中的石鱼，元结将石鱼背上的凹处修凿后用来贮酒。

③长：增加，此指助兴。

④沼：酒池。

【鉴赏】

我用公田产的米酿酒，常借闲暇之时，载酒到湖中石鱼上，暂且博取一醉。在酒酣耳热之时，靠着湖岸，伸臂向石鱼取酒，叫船载着我们环绕石鱼，使在座的人皆可痛饮。我就好像靠着洞庭巴陵山，伸手向湖中君山上舀酒一般，同游的人，就像是绕洞庭湖而坐。酒舫悠悠然乘波来往添酒，其乐融融，于是作了这首歌以助酒兴。

小小的石鱼湖啊，就像烟波浩渺的洞庭湖，夏天水涨齐岸，君山苍翠欲滴。且把山谷当酒杯，湖水做酒池，酒客们围坐在小岛四周，管他连日风大浪高，也阻挡不了我们运酒的小船。我手持长瓢，似乎稳坐巴丘山头，给大家斟酒，一起痛饮，借酒浇愁。

此诗作于元结任道州刺史时。歌咏石鱼湖风景，抒发了诗人淡于仕途，意欲归隐的胸怀。该诗乘兴而发，毫无拘束，格调清新自然，足见诗人的胸襟开阔和他及时行乐的思想。有"竹林"之遗风，又似有太白之兴致。

可是，作者所愁为何呢？其实，读了作者的《贼退示官吏》一诗，就不难理解了。为官，则忧民生疾苦；为民，则忧天下兴亡。在朝为官是忧，退隐江湖还是忧，那么，何时才能快乐呢？

山 石①

韩 愈

山石荦确②行径微③，黄昏到寺蝙蝠飞。

升堂坐阶新雨足，芭蕉叶大栀子肥。

僧言古壁佛画好，以火来照所见稀。

铺床拂席置羹饭，疏粝亦足饱我饥。

夜深静卧百虫绝，清月出岭光入扉。

天明独去无道路，出入高下穷烟霏。

山红涧碧纷烂漫，时见松枥④皆十围。

当流赤足踏涧石，水声激激风吹衣。

人生如此自可乐，岂必局束⑤为人靰⑥。

嗟哉吾党二三子，安得至老不更归。

【注释】

①山石：旧诗中常以首句前二字为题，其实与内容无关。

②荦确：险峻不平的样子。

112

③微：狭窄。

④枥：同"栎"，落叶乔木。

⑤局束：拘束。

⑥靮：马笼头。

【鉴赏】

一路上山石峥嵘险峻，山路狭窄，黄昏时，蝙蝠到处乱飞，我们一行人来到这座寺庙，坐在堂前台阶上休息。时值初夏时节，刚下过一场雨，经过雨水的滋润，芭蕉枝叶看上去更粗大，栀子花也更显肥美。

僧人告诉我说，寺庙古壁上的佛像画得非常好，拿烛火来照，那些壁画隐隐约约，依稀可见。僧人张罗着为我们铺好床席，又为我们准备好饭菜。饭菜虽粗糙，却足可充饥了。

夜已经深了，我静卧床上，四周非常清寂，连小虫的鸣叫声都没有。明月爬上了山头，月光洒落在门窗上。

天明时，我们独自离去，清早迷雾蒙蒙，看不清道路，在高高低低的山路中，我们跟跟跄跄地往前走。山花红艳，涧水碧绿，山色绚烂，不时见到足有十围那么粗大的松树和栎树。遇到涧流当道，我们就脱了鞋子，光着脚板踩着溪石走过去，水声哗哗，风儿掀起我的衣裳。

人生在世，能如此流连于山水之间，自得其乐，岂不美哉？何必受他人约束呢？唉！我们几个志趣相投的伙伴，要如何才能长居山林，老死不归？

　　这是一篇诗体的山水游记。采用一般山水游记散文的叙述顺序，从行至山寺、山寺所见、夜看壁画、铺床吃饭、夜卧所闻、夜卧所见、清晨离寺一直写到下山所见，娓娓道来，让人如历其境。从夜到晨的所见所闻中，诗人选用了色彩浓淡明暗变化的若干图景。"人生如此自可乐，岂必局束为人靮"是全文主旨。

八月十五夜赠张功曹

韩　愈

纤云四卷天无河，清风吹空月舒波。

沙平水息声影绝，一杯相属①君当歌。

君歌声酸辞正苦，不能听终泪如雨。

洞庭连天九疑高，蛟龙出没猩鼯②号。

十生九死到官所，幽居默默如藏逃。

下床畏蛇食畏药，海气湿蛰③熏腥臊。

昨者州前捶大鼓，嗣皇继圣登夔皋④。

赦书一日行千里，罪从大辟⑤皆除死。

迁者追回流者还，涤瑕荡垢清朝班。

州家申名使家⑥抑，坎坷只得移荆蛮。

判司卑官不堪说，未免捶楚⑦尘埃间。

同时辈流多上道，天路幽险难追攀。

君歌且休听我歌，我歌今与君殊科：

一年明月今宵多⑧，人生由命非由他，

有酒不饮奈明何？

【注释】

①属：劝酒。

②鼯：哺乳动物，形似松鼠，住在树洞中，昼伏夜出，能从树上飞下来。

③湿蛰：蛰伏在潮湿地方的蛇虫。

④夔皋：舜时的贤相夔和皋陶，这里用来比喻宪宗即位后必能任贤举能。

⑤大辟：处死刑。

⑥使家：指观察史，朝廷派赴各处访察吏绩民隐的大员。州家、使家都是当时的方言。

⑦捶楚：鞭打。

⑧多：最值得赞美。

115

【鉴赏】

在这中秋之夜，我看见夜空中云丝卷起，银河也消失不见，空中清风飘飘，月光如荡漾的水波。明月下，沙岸平阔，湖水宁静，没有一点声息，没有一丝影子。我为君斟上一杯美酒，并劝你当此明月，应该高歌一曲。你的歌声里饱含着辛酸，词句也令人悲苦，我实在听不下去，早已泪如雨下。

"洞庭湖波涛连天，九疑山高峻无比，湖中有蛟龙出没，山间有猩猩和鼯鼠哀号。因我直言进谏，触犯朝廷，经历了九死一生，才被贬谪到临武这个地方。蛰居荒凉偏僻之地，默默忍受着痛苦，就像潜逃的罪犯。我在这儿受尽煎熬，担惊受怕，下床常常怕被蛇咬，吃饭时时怕中毒。临武靠近海洋，地下潮湿，到处都潜伏着蛇虫，空气中弥漫着腥臊之气。

几天前，郴州府门前鼓声震天，原来是新皇继位，大赦天下，想必是新皇要选用像夔和皋陶一样贤能的良臣。大赦的文书，一日千里地传送全国各地，死罪改为流放，贬谪的改为追回，流放的也被召还，看来新皇是要涤荡污秽瑕垢，革除积弊，清理朝政。

刺史申报了我的姓名，却被观察使有意扣压，不予奏请。命运坎坷，我只得调任那偏僻的江陵，做个卑微的判司。唉！真不堪说起，一旦有过错，难免跪伏在地受到杖责之辱。当时一起遭贬的人，大都已经启程返京，跻身朝廷之路实在艰险，我是难以攀登。

请你暂且停一停，听我也来唱一曲，我的歌声与你的不一样。一年中的月色，只有今夜最值得赞美。人生命运天注定，不在于其他原因。今夜有酒不饮，如何对得起这清风明月？

唐贞元十九年（803），韩愈与张署皆任监察御史。因天旱向德宗进言，极论宫市之弊，韩被贬为阳山（今广东阳山）县令，张被贬为临武（今湖南临武）县令。贞元二十一年（805）正月，顺宗即位，二月甲子大赦。八月宪宗又即位，又大赦天下。两次大赦由于湖南观察使扬恁从中作梗，他们均未能调回京都，只改官江陵。

先因直谏遭贬，后又受抑于扬恁，适逢中秋良夜，身处羁旅客馆，举头望月之际，心中感触万分，不能不遣怀笔端了。

此诗笔调近似散文，语言古朴，直陈其事。诗中写"君歌""我歌"，淋漓尽致。诗人明写张功曹谪迁赦回经历艰难，实是慨叹同病相怜。

谒衡岳庙遂宿岳寺题门楼

韩　愈

五岳祭秩皆三公①，四方环镇嵩当中。

火维②地荒足妖怪，天假神柄专其雄。

喷云泄雾藏半腹，虽有绝顶谁能穷。

我来正逢秋雨节，阴气晦昧无清风。

潜心默祷若有应，岂非正直③能感通。

须臾静扫众峰出，仰见突兀撑青空。

紫盖连延接天柱，石廪腾掷堆祝融。

森然魄动下马拜，松柏一径趋灵宫。

粉墙丹柱动④光彩，鬼物图画填青红。

升阶伛偻荐脯酒，欲以菲薄⑤明其衷。

庙令老人识神意，睢盱⑥侦伺能鞠躬。

手持杯珓导我掷，云此最吉余难同。

窜逐蛮荒幸不死，衣食才足甘长终。

侯王将相望久绝，神纵欲福难为功。

夜投佛寺上高阁，星月掩映云曈曚。

猿鸣钟动不知曙，杲杲⑦寒日生于东。

【注释】

①三公：历代官制不同，此泛指人臣之最高位。

②火维：古以五行分属五方，"火维"指南方，又以赤帝祝融氏为衡岳之神，摄位火乡。

③正直：指岳神。

④动：闪耀。

⑤菲薄：此指祭品。

⑥睢盱：凝视。

⑦杲杲：形容日色明亮。

【鉴赏】

朝廷用祭祀三公的最高礼仪来祭拜五岳。东岳泰山、西岳华山、南岳衡山、北岳恒山分镇四方，而中岳嵩山居中。衡山地处荒远的南方，有许多妖怪出没，上天授予南岳以权柄，让它雄镇南方。深山里喷吐的云雾，缭绕在半山腰，谁又能破云穿雾登上极顶？

我来这里朝拜，正遇上秋雨连绵的季节，阴暗的晦气笼罩着山间，没有一点清风。我在心里默默地祈祷着，仿佛有了应验，难道是我的虔诚感动了岳神吗？你看，片刻之间，云开雾散，众山峰显现于眼前，抬头仰望，众峰突兀，高耸入云，好像支撑着苍穹。紫盖峰连绵不断，与天柱峰紧紧相连，石廪峰逶迤上延，连接着祝融峰。

我顿时感到心旷神怡，急忙下马向山神顶礼膜拜。沿着松柏间一条小径，我直奔衡岳庙。粉白的墙面，殷红的殿柱，闪耀着夺目的光彩，壁上描画着神灵鬼怪，青红相间。我登上台阶躬身献上干肉和酒水，想借这微薄的祭品，表达我对山神的一片虔诚。管理岳庙的老人，似乎知道神灵的旨意，凝视窥察我祭祀的用意，向我欠身回礼，然后，他拿出占卜用的杯珓，教我如何投掷，他说我掷的卦象是最吉利的，其他的都不能相比。

我被贬逐到蛮荒之地，侥幸不死，勉强能解决温饱问题，我也心满意足了，甘愿这样了度余生。封王封侯、出将入相，我早已无此奢望，纵使神明要赐福于我，也难以成功，到头来还是一场空。此夜投宿在佛寺，我登上了高阁瞭望苍穹，云雾遮蔽了月色星光，夜色朦胧。猿猴啼叫，寺钟敲响，不知不觉天已破晓，在秋寒中，东方升起一轮红日，光亮万丈。

此诗写贬谪放还途中游览衡山，拜祭南岳，求神问卜，借以解嘲消闷，抒发对仕途坎坷的牢骚，表达对现实冷漠的心情。

石鼓歌

韩 愈

张生手持石鼓文，劝我试作石鼓歌。

少陵无人谪仙死，才薄将奈石鼓何。

周纲陵迟①四海沸，宣王愤起挥天戈。

大开明堂受朝贺，诸侯剑佩鸣相磨。

蒐②于岐阳骋雄俊，万里禽兽皆遮罗。

镌功勒成告万世，凿石作鼓隳嵯峨。

从臣才艺咸第一，拣选撰刻留山阿。

雨淋日炙野火燎，鬼物守护烦㧪③呵。

公从何处得纸本，毫发尽备无差讹。

辞严义密读难晓，字体不类隶与蝌。

年深岂免有缺画，快剑斫断生蛟鼍。

鸾翔凤翥④众仙下，珊瑚碧树交枝柯。

金绳铁索锁钮壮，古鼎跃水龙腾梭⑤。

陋儒编诗不收入，二雅褊迫无委蛇⑥。

孔子西行不到秦，掎摭⑦星宿遗羲娥。

嗟余好古生苦晚，对此涕泪双滂沱。

忆昔初蒙博士征，其年始改称元和。

故人从军在右辅，为我度量掘臼科。

濯冠沐浴告祭酒，如此至宝存岂多。

毡包席裹可立致，十鼓只载数骆驼。

荐诸太庙比郜鼎，光价岂止百倍过。

圣恩若许留太学，诸生讲解得切磋。

观经鸿都尚填咽，坐见举国来奔波。

剜苔剔藓露节角，安置妥帖平不颇。

大厦深檐与盖覆，经历久远期无佗。

中朝大官老于事，讵肯感激徒媕娿⑧。

牧童敲火牛砺角，谁复着手为摩挲。

日销月铄就埋没，六年西顾空吟哦。

羲之俗书趁姿媚，数纸尚可博白鹅。

继周八代争战罢，无人收拾理则那。

方今太平日无事，柄任儒术崇丘轲。

安能以此上论列，愿借辩口如悬河。

石鼓之歌止于此，呜呼吾意其蹉跎。

【注释】

①陵迟：衰败。

②蒐：春天行猎。

③拗：同"挥"。

④翯：飞。

⑤龙腾梭：据《晋书·陶侃传》载，陶侃年少时，捕鱼于雷泽，网得一梭，挂于壁上，不一会儿，雷雨大作，梭化龙而去。

⑥委蛇：即"委佗"，庄严而又从容的样子。

⑦掎摭：采取。

⑧媕娿：无主见，犹豫不决。

【鉴赏】

张生手里拿着周朝石鼓文的拓本，劝我试作一首石鼓歌。杜甫、李白才华盖世，但都已作古，我才疏学浅，面对这石鼓文真有点无可奈何。

想当初，周朝政治衰败，国势动荡不安，周宣王发愤兴周，起兵征讨叛逆。中兴大业已成，大开明堂接受各方的朝贺。朝拜诸侯接踵而至，人山人海，宝剑的佩玉相互撞擦发出叮当的响声。正当春暖花开之时，宣王率队狩猎，驰骋在岐山的南面，四面八方的禽兽都逃不出罗网。

事后，从嵯峨的高山中开凿巨石雕琢成石鼓，把英雄的功业刻在石鼓上以求扬名万世。宣王的随从大臣，其才艺都堪称天下第一，他们选好石鼓，刻上文字，然后放在山野里。任凭长年日晒雨淋、野火焚烧，因有鬼神守护，石鼓并没有残破。

不知你从哪儿弄来这些拓本。文字清晰完整，没有丝毫差错。言辞严谨，内容深奥，难以理解，字体不像隶书，也不像蝌蚪文，自成一体。

因年代久远，难免有受损的笔画，但字形依然非常生动：有的像被利剑斩断的蛟鼍，有的像鸾凤飞舞、众仙飘飘下凡，笔画好像珊瑚树的枝干交错。遒劲的笔力像用金绳铁索缠绕成锁，又好似古鼎出没，龙腾飞梭。

浅薄的儒士编纂《诗经》，却没有将之收录，《大雅》《小雅》的内容狭窄，全然不如这石鼓文壮阔。孔子周游天下时，没有到秦地，也难怪他不知石鼓文，他采诗就像摘下星星，反而把日月遗漏了。

唉！我虽好古，可惜出生得太晚，我对着石鼓文，禁不住老泪纵横。

想当年，我蒙召做国子监博士，那年正好改年号称"元和"，我的老朋友在凤翔节度府当差，设法为我挖掘出这些石鼓。我斋戒沐浴，将此事禀告上司国子监祭酒："如此珍贵的文物，世上已经所存不多，只要用毡席裹好，就能立即运到，驮运这十个石鼓，只需几匹骆驼。如果把它们进献太庙，它们的身价将百倍于皇家祠堂里的郜鼎。

如果皇上恩准把它们留在太学，学生们就可以共同研究，相互切磋。汉朝时，太学门前观经，尚且人群拥塞。如今，要是石鼓能送到太学，将会轰动全国。剜剔藓苔、泥尘，露出文字的棱角，把它们平平稳稳地放在妥帖的地方，上面有高楼大厦、深檐厚瓦覆盖着加以保护，这样就可以毫无意外地传之千秋。

可是朝中的大官个个都老于世故，对此盛事竟然无动于衷，一再拖延。牧童在鼓上敲石取火，牛在它上面磨角，还有谁会把它当珍宝，用手去抚摸？我担心它长年累月地被侵蚀风化，将彻底被埋没。六年来，我常向西遥望，独自嗟叹。

王羲之的书法，以姿态妖媚迎合世人，俗不可耐，就凭几张纸，居然就可以换取一群白鹅。

继周之后，早已经过去了八代，战乱平息，天下一统，可至今石鼓仍被置之山野，竟无人收拾整理，真让人无可奈何呀！

如今天下太平，国泰民安，皇上重视儒术，推崇孔孟之道。怎么才能将此事向皇帝禀告呢？看来，只有借助口若悬河的善辩之人了。我的石鼓歌就写到这里吧。唉！我的意见大概还是白说吧！

诗人感慨石鼓文物的废弃，力谏当朝保护石鼓而不得采纳，因而大发牢骚。韩愈"以文入诗"的特色在此诗中表现得淋漓尽致。

韩愈重视文物的思想的确值得称道，但从此诗看来，其对王羲之书法的评价却有失偏颇。如果说王右军的书法俗气的话，那么"韩退之诗，乃押韵之文耳，虽健美富瞻，而格不近诗"。

沈括曾说，韩愈为诗，故作奇语，刻意求工，诗之美感、语言之和谐悉被破坏。

渔 翁

柳宗元

渔翁夜傍西岩①宿，晓汲清湘燃楚竹。
烟销日出不见人，欸乃②一声山水绿。
回看天际下中流，岩上无心③云相逐。

【注释】

①西岩：湖南永州西山。

②欸乃：状声词，开船的摇橹声。

③无心：指云自由自在地飘动。

【鉴赏】

傍晚，渔翁把船停泊在西山下歇息；拂晓，他汲起湘江之水，燃起楚地之竹做早饭。烟雾消散，旭日东升，却不见了他的踪影，忽然听得山青水绿之间欸乃一声橹响，回头一看，他已驾舟行至天际中流，恰似那山岩顶上白云相互无心地追逐，来去随意，无影无踪。

诗人这首诗作于永州，写了一个在山青水绿之处自遣自歌、独来独往的"渔翁"，借以透露作者寄情山水的思想和寄寓政治失意的孤愤，也是借山水之美来稀释自己的苦闷心情。

长恨歌

白居易

汉皇①重色思倾国，御宇多年求不得。
杨家有女初长成，养在深闺人未识。
天生丽质难自弃，一朝选在君王侧②。
回眸一笑百媚生，六宫粉黛无颜色。

春寒赐浴华清池，温泉水滑洗凝脂。
侍儿扶起娇无力，始是新承恩泽时。
云鬓花颜金步摇，芙蓉帐暖度春宵。
春宵苦短日高起，从此君王不早朝。
承欢侍宴无闲暇，春从春游夜专夜。
后宫佳丽三千人，三千宠爱在一身。
金屋妆成娇侍夜，玉楼宴罢醉和春。
姊妹弟兄皆列土，可怜光彩生门户。
遂令天下父母心，不重生男重生女。
骊宫高处入青云，仙乐风飘处处闻。
缓歌慢舞凝丝竹，尽日君王看不足。
渔阳鼙鼓动地来，惊破霓裳羽衣曲。
九重城阙烟尘生，千乘万骑西南行。
翠华摇摇行复止，西出都门百余里。
六军不发无奈何，宛转蛾眉马前死。
花钿委地无人收，翠翘金雀玉搔头。
君王掩面救不得，回看血泪相和流。
黄埃散漫风萧索，云栈萦纡③登剑阁。
峨嵋山下少人行，旌旗无光日色薄。
蜀江水碧蜀山青，圣主朝朝暮暮情。
行宫见月伤心色，夜雨闻铃肠断声。
天旋地转回龙驭，到此踌躇不能去。

马嵬坡下泥土中，不见玉颜空死处。

君臣相顾尽霑衣，东望都门信马归。

归来池苑皆依旧，太液芙蓉未央柳。

芙蓉如面柳如眉，对此如何不泪垂？

春风桃李花开日，秋雨梧桐叶落时。

西宫南内多秋草，落叶满阶红不扫。

梨园弟子白发新，椒房阿监青娥④老。

夕殿萤飞思悄然，孤灯挑尽未成眠。

迟迟钟鼓初长夜，耿耿星河欲曙天。

鸳鸯瓦冷霜华重，翡翠衾寒谁与共？

悠悠生死别经年，魂魄不曾来入梦。

临邛道士鸿都客，能以精诚致魂魄。

为感君王辗转思，遂教方士殷勤觅。

排空驭气奔如电，升天入地求之遍。

上穷碧落⑤下黄泉，两处茫茫皆不见。

忽闻海上有仙山，山在虚无缥缈间。

楼阁玲珑五云起，其中绰约多仙子。

中有一人字太真，雪肤花貌参差是。

金阙西厢叩玉扃，转教小玉报双成。

闻道汉家天子使，九华帐里梦魂惊。

揽衣推枕起徘徊，珠箔银屏迤逦开。

云鬓半偏新睡觉，花冠不整下堂来。

风吹仙袂⑥飘飖举，犹似霓裳羽衣舞。

玉容寂寞泪阑干，梨花一枝春带雨。

含情凝睇谢君王，一别音容两渺茫。

昭阳殿里恩爱绝，蓬莱宫中日月长。

回头下望人寰处，不见长安见尘雾。

唯将旧物表深情，钿合金钗⑦寄将去。

钗留一股合一扇，钗擘⑧黄金合分钿。

但教心似金钿坚，天上人间会相见。

临别殷勤重寄词，词中有誓两心知：

七月七日长生殿，夜半无人私语时。

在天愿作比翼鸟，在地愿为连理枝。

天长地久有时尽，此恨绵绵无绝期！

【注释】

①汉皇：即唐明皇，唐人诗中多以汉武帝指唐玄宗。

②"杨家"四句：杨贵妃，小字玉环，蒲州永乐（今山西永济）人，幼时由叔父杨玄珪抚养。本为玄宗之子寿王李瑁之妃。玄宗宠妾武惠妃死后，便叫杨玉环出家当女道士，后于天宝四载（755）封为贵妃。

③萦纡：曲折盘旋。

④青娥：原指少女，此处指青春美貌。

⑤碧落：道家称天界为碧落。

⑥袂：衣袖。

⑦钿合金钗：指杨玉环和唐玄宗生前定情的信物。

⑧擘：用手将物掰开。

【鉴赏】

唐明皇看重美色，一心想要寻觅一个倾国倾城的佳人。他君临天下已经多年，却始终未找到他梦寐以求的美人。杨家有一个姑娘刚刚长大，养育在深闺中，还无人知晓。她天生丽质，自然错不过命运的青睐，终于有一天被选入皇宫，陪伴在君王的身边。她回头微微一笑，显出无穷的娇媚，使后宫的所有佳丽全都黯然失色。春寒料峭，君王赐她去华清池沐浴，温润的泉水浸泡着她柔嫩细腻的肌肤。浴后的她娇柔乏力，宫女轻轻将她扶起，那时她刚开始承受君王的恩泽。乌云一样的头发，花儿一般的容貌，头上戴着珠光闪闪的金步摇，在温馨的芙蓉帐里与君王共度春宵。欢娱的春宵总是那么短暂，可恼的太阳那么早就高高升起，从此君王难得早朝。她终日与君王寻欢，侍奉君王酒宴，没有半点空闲。春暖花开时，由她陪伴君王去郊游，夜晚也都是由她一人侍寝。君王的后宫里，有三千美女，而这三千美女的宠爱都集中在她一人身上。在华丽的宫室中，她精心修饰打扮，夜里侍奉君王时分外妖媚娇柔，在那雕栏画栋的玉楼上，她陪君王欢饮，那醉后的姿态更加妖媚动人，令君王心荡神移。

　　她如此承受君王的专宠，于是她的兄弟姐妹们，个个都得到封赏，杨家的门庭大放光彩，令人艳羡。天下的父母，因此不再看重生男儿，觉得生女儿较好，可以光耀门楣。那骊山上的华清宫，高大宏伟耸入云霄，宫中的仙乐随风飘散四方。她随着音乐轻歌曼舞，君王如醉如痴，总是觉得看不够。猛然间，传来渔阳叛军惊天动地的战鼓声，惊破了《霓裳羽衣曲》中君王的好梦。

　　城阙坚固的京城里，顿时烟尘弥漫，乱作一团，千军万马簇拥着君王，向西南方向奔逃。君王的车驾突然停了下来，这时西出京城不过百余里。原来是军队不肯前行，要求惩治祸国殃民的杨氏，君王对此无可奈何。可怜这绝世的美人啊，被缢死在军中，她戴的翠翘金雀玉簪散落一地，无人收拾。君王掩面痛哭，虽贵为君王，也不能保护自己的心上人。军队又继续西行，君王不由得回头怅望，痛哭得血泪横流。黄尘滚滚，秋风萧瑟，满目凄凉，曲折盘旋高耸入云的栈道直上剑门关。蜀山下行人稀少，日光惨淡，旌旗晦暗。面对清澈澄碧的蜀江，苍翠青绿的蜀山，君王朝朝暮暮沉浸在对她的怀念之中。在行宫中，望见凄清的月色，他伤心垂泪，夜雨里听到风摇檐铃，他愁肠百断。

　　天地旋转，时局大变，君王的车驾就要返回京都，来到那佳人殒殁的地方，他久久徘徊，不忍离去。马嵬坡下，何处去寻佳人的容颜，眼前只有那荒疏的旷野，那是她惨死的地方。君王与侍臣相顾无言，泪湿衣襟，心情沉痛，无心赶路，由着车马缓缓驶向京都。

回到宫中，但见那池沼和苑囿依旧，太液池里荷花盛开，未央宫内柳枝依依。荷花就像她娇媚的面容，柳叶恰似她弯弯的蛾眉。面对如此景象，怎叫人不伤心落泪？每当春风和煦、桃红李白的日子，每当秋雨滴空阶、梧桐飘落叶的时候，君王的心头便萦绕无尽的悲愁。皇城南北的宫院里到处秋草瑟瑟，宫殿里落叶纷纷，满目凄怆，石阶上铺满了落叶，也不见有人清扫。旧日梨园的弟子如今已是鬓发斑白，后宫的女官也已红颜不再。黄昏时，宫中流萤飞舞，君王静静地回忆着与她缠绵缱绻的日夜，孤灯已经燃尽，君王依然难以入眠。听到悠扬的钟鼓声，才知道漫漫长夜才刚刚开始，君王只能怅望着银河的灿烂星光直到天明。清冷冰凉的鸳鸯瓦上覆盖着厚厚的秋霜，寒透肌肤的翡翠被里，有谁与我同衾共枕？这生死离别，年复一年，那佳人的幽魂却从未来到君王的梦中。

有一位客居京城的蜀中道士，能以至诚之心感召死者的魂灵。被君王愁肠百结的思念所感动，这方术之士为之殷勤寻觅。他腾空而去，驾驭清气如闪电般飞驰，上天入地，要把宇宙彻底搜个遍。可是从碧空到黄泉，天上地下两处茫茫，都不见她的踪迹。忽然听说海上有一座仙山，隐没在虚无缥缈的仙雾中。五彩祥云缭绕着玲珑的楼阁，里面住着许多美丽的仙女。其中有一位仙女名叫太真，肌肤如雪，容貌似花，好像就是君王日夜思念的佳人。道士来到金碧辉煌的仙宫，轻叩仙宫西厢的玉门，请求侍女小玉和双成前去向太真禀报。听说唐明皇派来使者，她从花罗帐中惊醒，连忙披上衣衫，推开玉枕，匆忙下床，一重重珠帘和屏风随即打开。乌云般的发髻蓬松偏斜，看得出她刚刚醒来，花冠也没有来得及整理，她就匆忙走下堂来。清风吹拂，她的长袖轻轻飘飞，就像当年和着《霓裳羽衣曲》翩翩起舞时的样子。只见她黯然神伤，泪流满面，仿佛暮春一枝带着雨水的梨花。她凝视着使者，脉脉含情地寄语君王：马嵬坡与君王一别，从此音容渺茫。当年宫中君王的万般恩爱，如今早已断绝，我如今在这蓬莱仙宫里，岁月是如此的漫长。每当回望人间，再也看不到长安城，只见迷雾蒙蒙。只有拿出旧日定情的信物，来表达我的深情。这金花镶嵌的锦盒和金钗，我已经将它分开，我与他各留一半，请你带给我的君王。但愿我们的爱情像金钿一样坚牢，不管天上人间也总会相见。临别时她又殷勤地请使者转达几句话，话中的几句誓言，她与君王都能心领神会。七月七日那天在长生殿里，夜阑人静，俩人立下山盟海誓："在天上愿化作双飞的比翼鸟，在地上愿变成并生的连理枝。"无论日子有多长多久，也总有完结的时候，可这萦绕心头的绵绵长恨却永无绝期。

这首诗是千古名篇，诗人作于元和元年（806），叙述唐玄宗与杨贵妃的爱情悲剧，在政治上是讽刺的，在爱情上却是歌颂的。全诗写情缠绵悱恻，书恨杳杳无穷。文字哀艳动人，声调悠扬宛转，常读常新。

安史之乱中，家破人亡、妻离子散者难以计数，那时哀鸿遍野，路有饿殍。帝王之家，虽遭变乱，毕竟比普通百姓好过百倍。帝王有恨，难道百姓就不知生离死别之痛，就不爱自己的妻儿？还是清人袁枚的两句诗写得好："石壕村里夫妻别，泪比长生殿上多。"

琵琶行·并序

白居易

元和十年，予左迁①九江郡司马。明年秋，送客湓浦口，闻舟中夜弹琵琶者。听其音，铮铮然有京都声。问其人，本长安倡女，尝学琵琶于穆、曹二善才②。年长色衰，委身为贾人妇。遂命酒，使快弹数曲，曲罢悯然。自叙少小时欢乐事，今漂沦憔悴，转徙于江湖间。予出官二年，恬然自安；感斯人言，是夕始觉有迁谪意。因为长句歌以赠之，凡六百一十二言，命曰《琵琶行》。

浔阳江头夜送客，枫叶荻花秋瑟瑟。
主人下马客在船，举酒欲饮无管弦。
醉不成欢惨将别，别时茫茫江浸月。
忽闻水上琵琶声，主人忘归客不发。
寻声暗问弹者谁，琵琶声停欲语迟。
移船相近邀相见，添酒回灯重开宴。
千呼万唤始出来，犹抱琵琶半遮面。
转轴拨弦三两声，未成曲调先有情。
弦弦掩抑声声思，似诉平生不得志。
低眉信手续续弹，说尽心中无限事。
轻拢慢捻抹复挑，初为霓裳后六幺。
大弦嘈嘈如急雨，小弦切切如私语。
嘈嘈切切错杂弹，大珠小珠落玉盘。
间关莺语花底滑，幽咽泉流水下滩。
水泉冷涩弦凝绝，凝绝不通声渐歇。
别有幽愁暗恨生，此时无声胜有声。
银瓶乍破水浆迸，铁骑突出刀枪鸣。
曲终收拨当心画，四弦一声如裂帛。
东船西舫悄无言，唯见江心秋月白。
沉吟放拨插弦中，整顿衣裳起敛容。
自言本是京城女，家在虾蟆陵下住。

十三学得琵琶成，名属教坊第一部。

曲罢常教善才服，妆成每被秋娘妒。

五陵年少③争缠头，一曲红绡不知数。

钿头银篦击节碎，血色罗裙翻酒污。

今年欢笑复明年，秋月春风等闲度。

弟走从军阿姨死，暮去朝来颜色故。

门前冷落鞍马稀，老大嫁作商人妇。

商人重利轻别离，前月浮梁买茶去。

去来江口守空船，绕船明月江水寒。

夜深忽梦少年事，梦啼妆泪红阑干。

我闻琵琶已叹息，又闻此语重唧唧。

同是天涯沦落人，相逢何必曾相识。

我从去年辞帝京，谪居卧病浔阳城。

浔阳地僻无音乐，终岁不闻丝竹声。

住近湓江地低湿，黄芦苦竹绕宅生。

其间旦暮闻何物，杜鹃啼血猿哀鸣。

春江花朝秋月夜，往往取酒还独倾。

岂无山歌与村笛，呕哑④嘲哳难为听。

今夜闻君琵琶语，如听仙乐耳暂明。

莫辞更坐弹一曲，为君翻作琵琶行。

感我此言良久立，却坐促弦⑤弦转急。

凄凄不似向前声，满座重闻皆掩泣。

137

座中泣下谁最多，江州司马⑥青衫湿。

【注释】

①左迁：降职。古人以右为上、左为下，降职调用，故
称左迁。

②善才：唐代对琵琶艺人及曲师的统称。

③五陵年少：即五陵少年。汉代高、惠、景、武、昭五
位皇帝陵墓在长安西，后豪富之家迁居于这一地区，世人便
称其子弟为"五陵少年"，后泛指富贵人家子弟。

④呕哑：形容声音杂乱。

⑤促弦：把弦拧紧。

⑥江州司马：即作者本人。

【鉴赏】

元和十年（815），我被贬为九江郡司马。次年的一个
秋夜，我为朋友送行到湓浦口，听见一条船上有人在弹奏琵
琶，听其乐声，铿锵有力，而且是京城流行的曲调。向那人
询问，才知道她原来是长安的乐伎，曾经跟穆、曹二位著名
琵琶乐师学艺，因为年长色衰，只好嫁给了一个商人。于
是，我吩咐备酒，请她弹上几支曲子。弹奏完毕，她面带愁
容，讲起她年少时欢乐的往事，现在却漂泊沉沦，形容憔
悴，在江湖上辗转奔波。我离开京城到此任职已有两年，一

直是心情恬淡，随遇而安，她的一席话触动了我，今天晚上我才体会到被贬谪的滋味。为此作了这首长诗送给她，共六百一十二字，题为《琵琶行》。

茫茫夜色中，我来为远去的朋友送行，来到这浔阳江畔，枫叶在瑟瑟秋风中战栗，芦花随风飘零。我们下了马，送朋友上船，为朋友饯行，惆怅地举起别离的酒，却没有音乐佐酒，消忧解愁。大家心中忧伤，喝着闷酒，一点也不痛快。酒毕，我们凄然话别，此时江上水雾迷茫，清冷的江水倒映着一轮秋月。

忽然听见水上飘来一阵琵琶声，我心中一怔，忘了往回走，还叫即将远行的友人也停船。我们急切地寻找传出乐声的那艘船，在夜色中，我们大声询问是谁在弹奏，琵琶声停了下来，过了许久，无人应答。于是，我吩咐把船靠上去，请弹奏者出来相见，又吩咐添上酒菜张挂灯火，重新摆好了酒宴。我们不知呼唤了多少遍，那位弹奏者才缓缓走出船，出现在我们面前，还用怀中的琵琶半遮住面容。

只见她轻轻拧动弦轴，试弹了两三个乐音，虽然还没有成调，却已经流露出幽情。每一声都深沉压抑，充满忧思，就像在低声倾诉平生如何抑郁不得志。她低着头随手弹拨，让琵琶叙说自己无限的心事。手指在弦上轻推慢揉，忽而横拨，忽而反挑，先弹了有名的《霓裳羽衣曲》，又弹奏一曲流行的《六幺》。大弦的乐音沉重悠长，犹如下起了一阵骤雨；小弦的乐声短促细碎，好像有人在窃窃私语。弦音轻重缓急，交互错杂，犹如大大小小的珍珠，纷纷散落玉盘。一会儿像黄莺的鸣唱，在花丛中轻快流转；一会儿又像潺潺的清泉在幽咽中慢慢流经沙滩，仿佛泉水冰冻，水流不畅，渐渐就停息了。此时，似乎暗暗萌生出另一种深沉的忧愁，此时无声胜有声。突然间，琴弦迸发出清亮的乐音，如银瓶破碎、水浆喷射，旋即又转向铿锵雄壮，像铁骑驰骋，疆场厮杀，刀枪齐鸣。乐曲结束时，她收回拨子当心一划，四根琴弦同时发声，就像撕裂绢帛一样。左右停靠的船只，都悄无声息，只见冷冷的江心中那轮皎洁的月影。她心情沉重地将拨子插入弦索中，整理好衣裳起身施礼，神情庄重。她说自己原是京城女子，家就住在虾蟆陵。十三岁就学成了琵琶，是临时入宫供奉的第一队。她说："我弹完一曲之后，连琵琶师都不得不点头佩服，梳妆打扮后，常常被姐妹们嫉妒。那些富贵子弟，争着送给我各种财物，弹奏一曲，得到的红绡真是数不胜数。那些听众，打拍子时，不惜敲碎了银篦，拍案叫好时，酒被打翻溅泼在我血红色的罗裙上。年复一年地寻欢作乐，随意地消磨着时光。弟弟当兵去了，养母也去世了，日子一天天过去，我也年老色衰，门前变得冷冷清清，来往的车马变得稀少。人老了，已不能再靠弹琴来糊口，只好嫁给了一个商人。商人看重财利，不在乎夫妻别离，上个月去浮梁做茶叶生意去了。丈夫走后，留下我在这江口独守空船，陪伴在我周围的只有明月的清光和寒冷的江水。夜深时，梦见年少时欢乐的情景，不禁从梦中哭醒，泪水和着脂粉满脸纵横。"

我听了她的琵琶曲，已禁不住伤感叹息，又听她这一席话更让我慨叹不已。同样是流落在天涯的人哪，今天相遇相识又何必是曾经相识的故人。我去年离开京都，被贬谪到这浔阳城，常常疾病缠身。这地方荒凉偏僻，没有音乐，一年到头也听不到管弦丝竹之声。住的地方临近溢江，地势低洼，十分潮湿，在我住宅周围黄芦环绕，苦竹丛生。平常能听到的声音，只有杜鹃的悲啼和猿猴的哀鸣。每当春江花开和秋月皎洁的时候，我常常独斟独饮。难道说这地方就没有唱山歌、吹村笛的吗？有倒是有，不过那声音嘈杂嘶哑，实在难听。今天夜里，有幸听了你弹奏的琵琶曲，真像仙乐入耳，觉得清朗明净。请你切莫推辞，再坐下弹奏一曲，我将按你弹奏的曲调为你写一首《琵琶行》。

我的话令她感动不已，呆呆地站了好一会儿，才回到座位上，将弦调得更紧，琴声更加急切。曲调不同刚才，乐音变得凄切哀婉，在座的人都忍不住掩面而泣。座中谁流泪最多呀？我这江州司马的青衫已被泪水浸透。

诗人于元和十年因上疏极力主张追捕刺杀宰相武元衡的凶手而触犯旧官僚集团，被贬为江州司马。司马是州刺史的副职，是安置贬斥之官的闲职。此诗便是诗人贬谪江州的第二年秋所作。此诗是白居易融叙事、抒情为一炉的又一名作。诗人遭谗被贬，心中抑郁痛苦，此诗借琵琶女的演奏及其身世，而抒发自己心中压抑已久的悲愤。"座中泣下谁最多，江州司马青衫湿。"诗人的泪水是为琵琶女而落，更是为自己而落。此诗抒发了诗人"同是天涯沦落人"的感慨。

此诗对音乐的描写，设喻十分形象，读来如闻其声，如临其境，可谓唐人音乐诗之首。读此诗，不由得想起杜甫诗中的曹霸和李十二娘，他们都是名噪一时的画师、艺人，却都流落江湖，命运堪悲，这与那些志大才高的失意文人何其相似。

韩　碑

李商隐

元和天子①神武姿，彼何人哉轩与羲。
誓将上雪列圣耻，坐法宫中朝四夷。
淮西有贼五十载，封狼生貙②貙生罴。
不据山河据平地，长戈利矛日可麾③。
帝得圣相相曰度，贼斫不死神扶持。

腰悬相印作都统，阴风惨淡天王旗。

愬武古通作牙爪，仪曹外郎载笔随。

行军司马智且勇，十四万众犹虎貔④。

入蔡缚贼献太庙，功无与让恩不訾⑤。

帝曰汝度功第一，汝从事愈宜为辞。

愈拜稽首蹈且舞，金石刻画臣能为。

古者世称大手笔，此事不系于职司。

当仁自古有不让，言讫屡颔天子颐。

公退斋戒坐小阁，濡染大笔何淋漓。

点窜⑥尧典舜典字，涂改清庙生民诗。

文成破体书在纸，清晨再拜铺丹墀。

表曰臣愈昧死上，咏神圣功书之碑。

碑高三丈字如斗，负以灵鳌蟠以螭⑦。

句奇语重喻者少，谗之天子言其私。

长绳百尺拽碑倒，粗砂大石相磨治。

公之斯文若元气，先时已入人肝脾。

汤盘孔鼎有述作，今无其器存其辞。

呜呼圣皇及圣相，相与烜赫⑧流淳熙⑨。

公之斯文不示后，曷与三五⑩相攀追。

愿书万本诵万过，口角流沫右手胝。

传之七十有二代，以为封禅玉检明堂基。

【注释】

①元和天子：指唐宪宗李纯，其年号为元和。

②貙：古书上说的一种似狸的大猛兽。

③日可麾：据《淮南子·览冥》记载，鲁阳公与韩国打仗，正打得难分难解时，天已黄昏，于是举戈指挥太阳，太阳竟为之回升。

④虎貔：喻勇猛的将士。貔，传说中的一种野兽，有人说像虎，有人说像熊，又称貔貅。

⑤訾：同"赀"，计数，计算。

⑥点窜：原意为修正字句，此处指参照运用。

⑦螭：古代传说中一种没有角的龙。

⑧烜赫：声名或气势盛大、显耀。

⑨淳熙：强烈的光彩、光泽。

⑩三五：指三皇五帝。

【鉴赏】

宪宗皇帝年号元和，其辉煌的功业，神武的英姿，可以和上古圣君轩辕和伏羲相媲美。他发誓要洗雪列祖列宗所蒙受的耻辱，安然端坐宫中，接受四面八方的朝觐。可恨那些乱臣贼子盘踞淮西，长达五十年之久，他们的残暴代代相承，这些叛臣有恃无恐，并不是凭借山河之险，而是霸占着人多地肥的平原大地，依仗着兵强马壮，才胆敢犯上作乱。

所幸皇帝获得了一位贤明的宰相，他的名字叫裴度。多亏神明的保佑，他曾遭遇叛贼刺杀而大难不死。他腰间挂着宰相的金印，统率大军，奉命讨贼。仲秋出师时，天地昏暗，寒风凛冽，天子送行的旌旗迎风招展。裴度手下的大将李愬、韩公武、李道古和李文通，个个英姿飒爽；礼部员外郎李宗闵，也追随帐下做他的文书。行军司马是韩愈，心怀锦绣，有勇有谋，更有那像虎豹貔貅一样勇猛的十四万大军。李愬将军趁大雪突袭蔡州，生擒贼首吴元济，并将他押解回京献于太庙，告祭祖先。宰相裴度的功劳固然无与伦比，朝廷对他的恩赐也不可估量。皇帝说："这一仗大获全胜，裴爱卿督师功不可没，当居第一，我命你的下属韩愈，为你撰文纪功，刻碑永记。"韩公欣喜若狂，连忙叩首谢恩："为刻石纪功撰写文字，微臣我固然完全能够胜任。按照古例，这样的煌煌大作绝不能交给文墨官吏完成，但自古有当仁不让，微臣愿担此重任。"天子听了这番话，连连点头称许。

韩公退朝后沐浴斋戒，凝神静心端坐小楼之上，笔墨饱满，酣畅淋漓，言辞深切，文采飞扬。仿效了《尚书》中《尧典》和《舜典》庄严的体例，参考了《诗经》中《清庙》和《生民》典雅的文字。碑文写好了，用变体行书誊写。早朝时，向君王行过大礼，将文章铺展在殿前，又向皇帝禀奏：微臣冒死向圣上呈献这歌颂神圣功业的文字，乞请天子诏令，将它镌刻成碑。

碑身高达三丈，碑文字大如斗，四周盘绕着龙纹，下面有神龟驮碑。那碑文语句奇异深奥，能读懂的人实在很少，于是有人向天子进谗，说韩愈撰写的碑文不实，有徇私之嫌。遂有人用百尺长绳将巨碑拉倒，又用那粗砂大石，将碑文全部磨掉。但韩公的碑文如天地间浩然元气，早已深入人心。商汤的沐浴之盘和孔子祖先正考父之鼎，上面都刻有铭文，虽然盘和鼎早已不复存在，但其铭文却还流传至今。

啊！圣明的君王，贤明的宰相，你们显赫的功业和流光溢彩的碑文，交相辉映。如果韩公的碑文，不能昭示于后人，那么宪宗皇帝的功勋又如何同三皇五帝相承接？我愿将那碑文抄写一万份，还要诵读一万遍，哪怕手被磨出老茧，哪怕读得唾沫横飞，我也要让韩公的这篇碑文传至千秋万代，用作天子祭拜天地的文告以及天子明堂的基石。

唐宪宗元和十二年（817），宰相裴度为削平藩镇，亲赴淮西指挥作战，韩愈为行军司马。淮西平定后，韩愈奉旨作《平淮西碑》，碑文突出了裴度的决策统帅之功。唐邓随节度使李愬则认为在淮西之战中，他雪夜入蔡州，生擒吴元济，应居首功。李愬之妻是宪宗皇帝的姑母唐安公主的女儿，所以可以出入宫中，她在宪宗前说此碑文不真实，宪宗于是叫人拉倒石碑磨去碑文，命翰林学士段文昌重新撰文刻碑。平心而论，李愬的功劳虽然显著，但是应作为裴度作战计划中的一部分，韩愈在碑文中突出裴度之功勋，是公允的。李商隐此诗咏的即是此意。

此诗在写作方法上，颇似韩愈之诗——以文为诗的特征在此诗中表现得十分突出。在艺术风格上受到韩愈《石鼓歌》的影响，但某些方面却出韩愈之右，而更重要的是，李商隐客观地评价了裴度之功、韩愈之文。

经邹鲁祭孔子而叹之

唐玄宗

夫子^①何为者，栖栖^②一代中。
地犹鄹氏邑，宅即鲁王宫。
叹凤嗟身否^③，伤麟怨道穷。
今看两楹奠，当与梦时同^④。

【注释】

①夫子：此处指孔子。

②栖栖：忙碌不安的样子，指孔子周游列国，传道

147

讲学。

　　③"叹凤"句：《论语·子罕》中记载："子曰：凤鸟不至，河不出图，吾已矣夫。"凤至象征圣人出而受瑞，今凤凰既不至，故孔子有不能亲见圣之叹。

　　④"今看"两句：《礼记·檀弓上》记载，孔子曾告诉子贡："予畴昔之夜，梦坐奠于两楹之间。……予殆将死也。"殷制，人死后，灵柩停于两楹之间。孔子为殷人之后，故从梦境中知道自己快要死了。两楹奠，喻祭祀的庄严隆重。

【鉴赏】

　　孔老夫子啊！你一生忙忙碌碌，奔波于诸国之间，究竟为了什么呢？你在鲁地的旧居曾被汉景帝的儿子恭王刘余所破坏，改建为鲁王宫。你说，凤凰不至，生不逢时，命运不济啊！你曾经见到鲁国人捕获一只麒麟而流泪，叹息自己也已穷途末路了。且看如今，你端坐堂前两楹之间，为后人所祭奠，想必就是你当年梦寐以求的吧！

　　孔老夫子当年奔走于各诸侯国之间，宣扬自己的经世治国之道，却未被采用。唐玄宗，这位开创"开元盛世"的明君在开元二十三年（735）到泰山行封禅大礼，顺道去曲阜拜祭孔子时，作诗感叹孔子恓惶不遇。但醉翁之意不在酒，其不过是想昭示天下，自己才是明主，愿推行孔子所倡导之"仁政"，以德治国。

送杜少府之任蜀州

王 勃

城阙①辅三秦②，风烟望五津③。
与君离别意，同是宦游人。
海内存知己，天涯若比邻。
无为在歧路④，儿女共沾巾。

【注释】

①城阙：指长安。
②辅三秦：以三秦之地为护卫。
③五津：四川境内长江的五个渡口，泛指蜀中一带。
④歧路：岔路口，指分手处。

【鉴赏】

今与杜兄言别于三秦之地护卫的都城长安，举目远望，
风烟迷茫中，不见你要远去的蜀郡。长安、蜀郡相去千里，

蜀道崎岖，难于上青天，与兄一别，不知何日能重逢。你我都是离家在外做官的人，此时的心情都一样啊！但四海之内只要有知己，即便天各一方，也犹如近在咫尺。所以，不可以像小儿女一样，在分手处相拥而泣，以泪沾巾。

唐诗中，送别诗多风格悲戚、离情依依，少有这样壮情满怀、气骨昂然的佳作。"海内存知己，天涯若比邻"化用曹植诗"丈夫志四海，万里犹比邻"，可谓别离朋友间相互劝勉的千古佳句。

在狱咏蝉·并序

骆宾王

余禁所禁垣西，是法厅事也，有古槐数株焉。虽生意可知，同殷仲文之古树；而听讼斯在，即周召伯之甘棠。每至夕照低阴，秋蝉疏引，发声幽息，有切尝闻。岂人心异于曩时，将虫响悲于前听？嗟乎！声以动容，德以象贤。故洁其身也，禀君子达人之高行；蜕其皮也，有仙都羽化之灵姿。候时而来，顺阴阳之数；应节为变，审藏用之机。有目斯开，不以道昏而昧其视；有翼自薄，不以俗厚而易其真。吟乔树之微风，韵姿天纵；饮高秋之坠露，清畏人知。仆失路艰虞，遭时徽缧。不哀伤而自怨，未摇落而先衰。闻蟋蟀之流声，悟平反之已奏；见螳螂之抱影，怯危机之未安。感而缀诗，贻诸知己。庶情沿物应，哀弱羽之飘零；道寄人知，悯余声之寂寞。非谓文墨，取代幽忧云尔。

> 西陆①蝉声唱，南冠②客思深。
>
> 不堪玄鬓③影，来对白头④吟。
>
> 露重飞难进，风多响易沉。
>
> 无人信高洁，谁为表予心。

【注释】

①西陆：指秋天。

②南冠：楚国之冠，这里指囚徒。

③玄鬓：指蝉的黑色翅膀，此处代指蝉。

④白头：作者自指。

【鉴赏】

秋蝉的鸣叫多么凄切，而我正如当年戴南冠被囚于他乡的钟仪，身陷囹圄，哀思绵绵，怎堪忍受秋蝉对我这白发之人撕心裂肺般地哀鸣？秋季露重风多，寒蝉振翅高翔，鸣声被肃杀的秋风所吞没。这不正如我身陷囹圄，有口难辩，有冤难申吗？没有人相信蝉的高洁，也无人知道我的清白无辜，我能向谁表白这一片冰心啊！

此诗是作者在狱中所作。当时骆宾王因上书议政而得罪武则天，被诬下狱，深感不平，故作诗以蝉自喻，抒发自己的冤屈和愤懑。后来，骆宾王在《代李敬业传檄天下文》中大加挞伐武则天，也算报了"一箭之仇"。

和①晋陵陆丞早春游望

杜审言

独有宦游人，偏惊物候②新。
云霞出海曙，梅柳渡江春。
淑气③催黄鸟，晴光转绿苹。
忽闻歌古调④，归思欲沾巾。

【注释】

①和：指用诗应答。
②物候：随季节变化的景物特征。
③淑气：和暖的天气。
④古调：指陆丞写的诗，即题目中的《早春游望》。

【鉴赏】

只有在外做官的人，才会对节气的变化如此敏感。太阳从东海冉冉升起，云朵在朝阳的映照下绚丽多彩。江南春早，梅条柳枝已有点点绿芽。气候变暖了，黄莺也欢叫起来了。阳光随着绿色浮萍的转动而反射出不同的光彩。忽然听到陆县丞颇有古调韵致的诗歌，使我顿生思乡之情，泪湿沾襟了。

此诗抒发作者的宦游思乡之情，其写景颇为细致，尤其中间四句，写得有声有色，相得益彰，堪称佳句。

杂 诗

沈佺期

闻道①黄龙②戍，频年不解兵③。
可怜闺里月，长在汉家营。
少妇今春意，良人④昨夜情。
谁能将旗鼓，一为取龙城⑤。

【注释】

①闻道：听说。

②黄龙：今辽宁省朝阳县境内，为当时边境戍兵驻地。

③解兵：撤军。

④良人：古时对丈夫的称谓。

⑤龙城：古匈奴祭天之地，今在内蒙古境内。此泛指敌军的首要地区。

【鉴赏】

听说黄龙城战争连年不休，从未罢兵停战。那一轮清辉照在我的空闺，也照在边关。你我虽共披月光，却相距千里。我今夜独守空闺，相思绵绵，恰似夫君昨夜枕戈望月思念妾身。你我夫妻日日夜夜，遥相思念。不知谁能率兵攻取龙城，一举破敌，结束战争，让你我能相拥相惜，再不受这相思之苦。

此诗写思妇哀怨之情，构思颇为巧妙。诗中将夫妻团圆的希望寄托在将帅身上，然而"一将功成万骨枯"，将帅所想的恐怕是功成回京，可以封侯。

题大庾岭北驿①

宋之问

阳月②南飞雁，传闻至此回。
我行殊未已，何日复归来。
江静潮初落，林昏瘴③不开。
明朝望乡处，应见陇头梅④。

【注释】

①驿：供传递公文的人和官员旅宿之所。

②阳月：阴历十月。

③瘴：指南方山林间湿热致病之气。

④陇头梅：其地气候温暖，十月即可见梅。红白梅夹
道，有"梅岭"之称。陇头，岭头。

【鉴赏】

十月北雁南飞，至大庾岭即折回，而我此次被流放，路
途遥远，也不知何时才能北还。驿站前方，江潮初退，江面

悄寂无声；深山密林中，凝聚着令人致病的瘴疠之气，此去所贬之地，环境要比眼前的更为恶劣呀！明日要是登高北望故园，虽是十月，也可见陇头的梅花绽放，不同于长安的梅花要到近春才开。

此诗是宋之问被流放泷州，途经大庚岭时所作，抒发诗人思念家乡，渴望早日遇赦还京的心情。宋之问和沈佺期对初唐律体诗的定型颇有贡献，但二人的人品不高，武则天当政时，他们依附于依靠男色受到武则天专宠而把持大权的张易之，后张被杀，中宗即位，二人均遭贬。宋之问后被玄宗赐死。

次①北固山下

王 湾

客路青山下，行舟绿水前。

潮平两岸阔，风正一帆悬。

海日生残夜②，江春入旧年③。

乡书何处达，归雁洛阳边④。

156

【注释】

①次：停留。

②残夜：天快亮时。

③"江春"句：还没到新年，江南就有了春天的音讯。

④"归雁"句：希望北归的大雁能将家信带到故乡洛阳。

【鉴赏】

我驾一叶扁舟，经过苍翠的北固山下，船儿漂行在碧绿的江水之上。春潮上涨，江面更显宽阔，顺风行舟，孤帆高悬。残夜未尽，海天交接之处红日正缓缓升起，江上春早，还是岁末已显露春意。家书已经写好，不知请谁捎回故乡，请问归雁可否替我将家书带回洛阳？

青山绿水，春潮初涨，孤舟顺风行；残夜将尽，朝阳初升，岁末春意临。已是旧岁将尽，新春将至之时，自己还漂泊他乡，见归雁，能不思乡？家书已拟凭谁寄？全诗笼罩着一层淡淡的思乡愁绪。

"海日生残夜，江春入旧年。"此句形容景物，妙绝千古，诗人以来，无闻此句。

破山寺后禅院^①

常　建

清晨入古寺，初日照高林。

曲径通幽处，禅房花木深。

山光悦鸟性，潭影空人心^②。

万籁^③此俱寂，惟闻钟磬^④音。

【注释】

①后禅院：僧人居住的地方。

②人心：指人的俗念。

③万籁：自然界的一切声响。

④磬：寺庙中的铜乐器，鸣钟击磬，僧人用以表示活动的开始与结束。

【鉴赏】

清晨，我信步来到破山寺这座古庙，朝阳初升，照在高高的树林上。寺中小径弯弯曲曲，通向幽静的处所，禅房掩映在花木深处。山光秀丽，鸟儿也觉得愉悦。潭中顾影，可净化人的心灵，让人忘却尘世中的一切杂念。自然界的声音全然消失，只听到钟磬声在山林中回荡。

读此诗可见诗人淡泊的心志和遁世的情怀。从古寺之静，可见诗人心之静。诗尾以钟磬之声作衬，更见古寺之幽静。

寄左省①杜拾遗

岑 参

联步趋②丹陛③，分曹限紫微④。

晓随天仗入，暮惹御香归。

白发悲花落，青云羡鸟飞。

圣朝无阙事⑤，自觉谏书稀。

【注释】

①左省：即门下省。唐高宗龙朔年间改门下省为东台，东台位居左手，故称"左省"。杜甫曾任左拾遗，属门下省。

②趋：小步而行，表示对皇帝的尊敬。

159

③丹陛：帝王宫殿前涂了红漆的台阶。

④"分曹"句：岑参时任右补阙。右补阙属中书省，在殿庑之右，称右省，也称紫微省。

⑤阙事：指讽谏弥补皇帝的缺失。阙，通"缺"。补阙和拾遗都是谏官。

【鉴赏】

我与子美兄并排向朝堂上的红色台阶小步快走，由于分属左右省，官署不同，所以分班站立两边。拂晓随着宫廷仪仗队进入朝堂，傍晚退朝后，衣襟上还残留着御炉的香气。

自己虽才四旬有余，已是白发满头，见落花而悲叹青春易逝，少年不再；仰望苍穹，蓝天白云，真羡慕鸟儿自由飞翔。朝廷圣明，并没有什么过失，自己也觉得进谏的奏章越来越少了。

果真天子圣明，谏官无事吗？非也。当时的"圣明"天子唐肃宗宠信宦官李辅国，致使朝纲不振，正直有为之士被压制排挤。

岑参当时只有四十三岁，杜甫四十六岁，何以自伤迟暮，睹落红而生悲，见鸟飞而生羡呢？缘由是岑参在右省不得意，杜甫在左省也不得意，二人同病相怜。

诗人笔法隐晦，牢骚发得不露痕迹。小鸟无功名富贵之忧、宠辱得失之患，有果腹之食，还可遨游于青天白云之间，无忧无虑，自由自在。难怪五柳先生将做官比作待在樊笼，有诗云：久在樊笼里，复得返自然。真高洁也！

赠孟浩然

李 白

吾爱孟夫子，风流天下闻。
红颜^①弃轩冕^②，白首卧松云^③。
醉月频中圣^④，迷花不事君。
高山安可仰，徒此揖清芬。

【注释】

①红颜：指年轻的时候。

②轩冕：这里泛指高官。轩，车子；冕，高官戴的礼帽。

③卧松云：隐居。

④中圣：喝醉的意思。据《三国志·魏书·徐邈传》载，尚书徐邈酒醉，校事赵达来问事，邈说："中圣人。"

曹操听后十分不悦。度辽将军鲜于辅说:"平日醉客谓酒清者为圣人,浊者为贤人。邈性修慎,偶醉言耳。"

【鉴赏】

我敬爱孟公,风流儒雅,闻名于世。少年时就鄙视功名,不求高官显位、富贵荣华,老年又归隐山林,摒弃红尘。

常常赏月饮酒,进入醉乡。他迷恋花草,不事君王,胸怀豁达。

其品格如高山一样巍峨峻拔,我自叹不可望其项背,只在此揖拜他的高洁!

李白从不轻易赞许人,而对孟浩然却如此钦敬。孟浩然年轻时就看淡富贵荣华,一生隐居襄阳,胸襟散淡。李白和孟浩然都好饮喜月,有共同的情趣,李白"安能摧眉折腰事权贵,使我不得开心颜",孟浩然则根本不屑仕途经济,其高洁的人品焉能不让李白仰慕?

此诗也反映了李白道家超然隐逸的出世思想,这与他关心政治、积极用世的思想并存。

渡荆门送别

李 白

渡远荆门外，来从楚国游。
山随平野尽，江入大荒①流。
月下飞天镜，云生结海楼②。
仍怜③故乡水④，万里送行舟。

【注释】

①大荒：广阔无垠的原野。

②"月下"二句：船轻快地顺流东下，看到月亮像镜子一样向西飞落；江上的云彩像海市蜃楼一样奇幻多变。海楼，即海市蜃楼。

③怜：爱，此处有留恋的意思。

④故乡水：指长江，李白早年住在四川，故有此言。

【鉴赏】

我驾舟远渡荆门之外，到那旧时的楚国漫游。蜀地的崇山峻岭，随着开阔的江汉平原的出现而消失，长江浩浩荡荡地在原野上奔涌向东。轻舟顺流东下，空中明月像一面镜子，向船后飞落，江上的云彩像海市蜃楼一样奇幻多变。

我依然留恋这来自故乡的江水，送我行舟，万里迢迢。

唐开元十四年（726），诗人年仅二十五岁，怀着"仗剑去国，辞亲远游"之情，离川漫游夔门后，再渡荆门进入楚地。

此诗便作于那时。李白出荆门，所见境界阔大，气势恢宏，与年轻的李白胸怀壮志正相吻合。全诗充满了诗人无比喜悦之情和青年人的蓬勃朝气。

古人云：读万卷书，行万里路。

今人成天穿梭于水泥墙之间，沉浸于网络世界，未尝立于绝顶俯瞰长江滔滔东去，看红日于云海间跃然而出的壮丽和恢宏，如此怎能"胸有丘壑"？

送友人

李 白

青山横北郭[1]，白水绕东城。

164

此地一为别，孤篷②万里征。

浮云游子意，落日故人情。

挥手自兹③去，萧萧班马④鸣。

【注释】

①郭：外城墙，即指城外。

②篷：草名，枯后随风飘荡，这里喻友人。

③兹：现在。

④班马：离别的马。班，离别。化用《诗经·小雅·车攻》"萧萧马鸣"句，嵌入"班"字，写出马犹不愿离群，何况人乎？

【鉴赏】

青山横卧在城郭的北面，白水潺潺，环绕着东城。我们在此握手言别。朋友，你就像孤飞的蓬草，随风飘到万里之外。

飘忽不定的浮云就像你惆怅的心情，下山的太阳依依不舍，好似我不忍告别你的心情。挥挥手，就此告别，友人所骑的马儿也不忍离去，萧萧长鸣。

本诗的两组对联堪称绝对，"青山横北郭，白水绕东城""浮云游子意，落日故人情"，对仗工整，别开生面，秀丽清新，情景交融，充满诗情画意。

李白天性豪放倜傥，送别友人，自然不会在歧路儿女共沾巾。马上一拱手，道一声"保重"，抖动缰绳，马前蹄腾空，一声长啸，转身扬尘而去，缠绵悱恻中不乏英雄气概。

听蜀僧濬弹琴

李 白

蜀僧抱绿绮①，西下峨眉峰。
为我一②挥手③，如听万壑松。
客心洗流水④，余响入霜钟⑤。
不觉碧山暮，秋云暗几重。

【注释】

①绿绮：琴名。晋傅玄《琴赋序》："司马相如有绿绮。"

②一：加强语气的助词。

③挥手：指弹琴。

④流水：相传春秋时钟子期能听出伯牙琴中的曲意，时而志在高山，时而志在流水。

⑤霜钟：指钟声。

【鉴赏】

来自故乡蜀地峨眉山的高僧抱弹名琴绿绮，为我弹奏了一曲，琴声不凡，好像听到千山万壑松涛之声。高山流水般的曲调，一洗尘心，荡涤胸怀。袅袅余音融入幽幽远远的晚钟，袅绕在耳际。

我聚精会神地听琴，不知不觉间，青山已披上暮色，秋云也变得更加暗淡。

李白此首听音乐诗，写法十分别致，不似其他同类诗刻意勾勒，极尽铺陈。蜀僧一挥手，万壑松涛声，这"一挥手"足见其潇洒，琴艺已达到无技巧境界，信手一弹，涛声阵阵。

然后写琴音净化人的灵魂，听后觉得尘心消除，如悟大道，余音与晚钟交融，如一股轻烟，如一缕幽香，忽忽悠悠回荡耳畔。

不知不觉，天色已黄昏。

读此诗的感受是诗人写来毫不吃力，读者读起来轻松。

较李颀的《琴歌》《听董大弹胡笳兼寄语弄房给事》《听安万善吹觱篥歌》读起来都更轻松。

夜泊牛渚怀古

李 白

牛渚西江^①夜，青天无片云。
登舟望秋月，空忆谢将军^②。
余亦能高咏，斯人不可闻^③。
明朝挂帆去，枫叶落纷纷。

【注释】

①西江：长江约从南京至今江西一段，古称为西江，牛渚亦在此段中。

②谢将军：东晋谢尚，今河南太康县人，官镇西将军。镇守牛渚时，秋夜泛舟赏月，遇袁宏正诵《咏史》诗，音辞皆好，遂大加赞赏，邀其登舟长谈至天明，袁宏自此名声大振。

③"斯人"句：意思是再也没有听说有谢将军这样的人了。

168

【鉴赏】

秋夜里，我泊舟在西江牛渚山，天空清明，没有一丝云彩。我登上小船，仰望那明朗的秋月，徒然忆起东晋的谢尚将军。

当年谢尚将军行舟经过牛渚，月夜闻客船上有人吟诗，听其音辞俱佳，叹赏不已，立即遣人询问，原来是袁宏自吟他的《咏史》诗，便急忙邀其上舟，彻夜长谈。

我自忖也是一个善于吟诗的人，但却遇不到像谢尚那样的知音。知音难遇啊！明早我就要挂帆远去，唯有那秋风中纷纷飘落的枫叶，不知为何喟叹。

李白乃旷世奇才，却空怀经天纬地的韬略，无人赏识，一种怀才不遇、知音难寻的怨气如秋风回响于枯枝败叶之间，肃杀悲凉。"古来圣贤皆寂寞"，李白孤高傲世，知音不遇，只得独立孤舟，把酒望月！

本诗还有一奇特之处，就是此诗虽为五律，却无对偶。大概李白才高，兴之所至，随口吟诵，没有顾及对偶吧。

这一点倒是颇值得后生晚辈学习，不要被形式束缚了思想，表情达意才是文章的首要目的。

唐诗宋词元曲精编

春 望

杜 甫

国破^①山河在，城春草木深。
感时花溅泪^②，恨别鸟惊心。
烽火连三月^③，家书抵万金。
白头搔更短，浑^④欲不胜簪^⑤。

【注释】

①国破：指国都长安被叛军占领。

②"感时"句：因感叹时事，见到花也会流泪。

③"烽火"句：意指战争延续了整整一个春天。

④浑：简直。

⑤不胜簪：因头发越搔越短，连簪子也插不上。

【鉴赏】

长安沦陷，国家破碎，只有山河依旧，春天又至，城空人稀，更使杂草丛生。感伤国事，看到花开，泪水止不住地往下流，滴溅在花瓣上。与家人离散已久，听到鸟叫也觉得惊心。整个春季战火不息，家人远在鄜州，自己又被困长安，音信难得，一封家书真抵得上万两黄金。愁闷心烦常搔头，白发越搔越短，短到插不上发簪了。

都城沦陷，满目疮痍，唯有山河依旧；人烟稀少，草木深密，又是鸟啼花开。春光本来妩媚，却是硝烟弥漫，战火不断，诗人伤家流离，哀国残破，泪溅花瓣，闻鸟啼而惊，思家心切，爱国情深。今人徐应佩、周溶泉等评此诗："意脉贯通而平直，情景兼备而不游离，感情强烈而不浅露，内容丰富而不芜杂，格律严谨而不板滞。"该诗可谓杜甫五律中的代表作之一。

月 夜

杜 甫

今夜鄜州月，闺中^①只独看。

遥怜小儿女，未解忆长安。

香雾云鬟^②湿，清辉^③玉臂寒。

何时倚虚幌^④，双照^⑤泪痕干。

【注释】

①闺中：原意指内室，此指妻子。

②云鬟：古代妇女梳的环形发髻。

③清辉：指月光。

④虚幌：薄而透明的帷帐。

⑤双照：月光照着诗人和妻子。

【鉴赏】

鄜州今夜月明皎洁，爱妻你独自举头望月。遥想我俩可爱的小儿女们，还不懂母亲举头望明月，实是担忧困在长安的父亲！夜深露重，沾湿了你飘香的鬟发，秋月清冷，让你如玉的手臂变得冰凉。何时才能相依相偎在轻柔的帷幔旁，让月华照干我俩脸上的泪痕。

这首诗作于唐至德元年（756）。是年八月，杜甫携家逃难鄜州，自己投奔灵武的肃宗，被叛军掳至长安。此诗即是在长安秋天月夜所写的怀妻之作。

李商隐《夜雨寄北》："何当共剪西窗烛，却话巴山夜雨时。"尚有归期可待，而此诗"何时倚虚幌，双照泪痕干"却是身处战乱，相聚之期渺茫。此诗写法颇有特色，诗人不写自己望月怀妻，却设想妻子望月怀夫，反映了乱离时代人民的痛苦。词旨婉切，章法缜密，黄生评此诗："五律至此，无忝诗圣矣！"

春宿左省

杜　甫

花隐掖垣①暮，啾啾栖鸟②过。

星临万户动，月傍九霄③多。

不寝听金钥④，因风想玉珂。

明朝有封事⑤，数问夜如何？

【注释】

①掖垣：门下、中书两省地处宫墙左右两边，像人的两
掖。垣，矮墙，也泛指墙。

②栖鸟：日暮还巢之鸟。

③九霄：天上最高处，此指朝廷。

④金钥：指开宫门的锁钥声。

⑤封事：密奏。臣下上书奏事，防有泄漏，用黑色袋子
密封。

【鉴赏】

　　左省墙垣隐掩在暮色中，墙上的花草隐约可见。归巢的鸟儿叽叽喳喳鸣叫着飞过。夜空中，星光闪烁，一道道宫门好像也在闪耀的光亮中摇曳。皎洁的月华倾泻在天宫中，似乎比别处更加明亮。我长夜未眠，似乎听到钥匙开启宫门的声音，晚风中风铃的响声好像是官员早朝的马铃声。明日早朝，还要向天子进呈奏章，夜里几次醒来，询问外面的情况。

　　诗人诚敬值宿，夜不敢寐，可见杜甫是何等忠勤为国。冯至在《杜甫传》中说："杜甫不过是一个小心谨慎的官吏。"显然有失公允。纪昀之"平正妥帖，但无深味"也是谬论。

月夜忆舍弟①

杜 甫

戍鼓②断人行，秋边一雁声。
露从今夜白，月是故乡明。

有弟皆分散，无家问死生。

寄书长不达，况乃未休兵。

【注释】

①舍弟：古时用以对人谦称自己的弟弟。

②戍鼓：戍楼上的更鼓。

【鉴赏】

　　戍楼上的更鼓声低沉而嘶哑，像是在瑟瑟的秋风中呜咽。因为战乱，秋夜的边塞早已不见行人的踪影，只听见秋风传来孤雁阵阵悲切的鸣叫。蓦地想起了远方的兄弟，时令已至白露，望月怀思，觉得这边塞月不如故乡月之明亮皎洁。我与兄弟们各奔东西，分散在海角天涯，家园已毁于战火，不复存在，逃避战乱的兄弟们是死是生，不知向何处去打听。平常捎去书信，也总是无法送到，更何况在烽火连天的战乱之际。

　　该诗是诗人乾元二年（759）作于秦州，当时安史之乱尚未平定。望月怀思乃人之常情，更何况诗人身处乱世，颠沛流离，历尽国难家忧。手足情深，却各奔东西，音信全无，以至于生死不知，诗人心中满腔悲愤，喟然长叹。

天末怀李白

杜 甫

凉风起天末①，君子意如何。

鸿雁几时到，江湖秋水多。

文章憎命达②，魑魅喜人过。

应共冤魂语，投诗赠汨罗③。

【注释】

①天末：形容边塞的遥远，此指秦州。

②"文章"句：意谓有文才的人总是薄命遭忌。

③"应共"句：因屈原被谗含冤，投江而死，与李白之受枉窜身有共通处，往夜郎又须经过汨罗，故二人应有可以共语处。

【鉴赏】

秋天入序，已渐有寒意，老朋友你现在心情如何？不知鸿雁何时才能捎来你的音信。江湖险恶，风大浪高，你一路可要小心哪！有文才的人往往遭人嫉妒，命运不济。那些奸邪小人，总是寻找借口，伺机陷害忠良，就像那些鬼怪，喜人路过，可以饱餐一顿。你与屈原有共同的冤屈，想必也有许多共同的语言，可别忘了投诗汨罗，祭奠一代忠魂！

李白于唐至德二载（757），因永王李璘之罪受牵连，流放夜郎，行至巫山遇赦。杜甫于乾元二年（759）作此诗，追怀李白。其实，杜甫不知李白此时已经遇赦回转。

有句话叫"文人相轻，自古皆然"，而此诗却见文人相重，末路相亲。患难之中见真情，两位诗坛巨擘，同在一个时代，又有如此深厚的友情，真是我国文学的一大幸事。

奉济驿重送严公①四韵

杜 甫

远送从此别，青山空复情②。
几时杯重把，昨夜月同行③。
列郡讴歌惜，三朝出入荣④。
江村独归处⑤，寂寞养残生。

【注释】

①严公：即严武，字季鹰，华阴（今属陕西）人，当时任成都尹，充剑南节度使。

②空复情：枉自多情。

③"几时"二句：这是倒装，意谓昨夜还在月光下举杯送别，不知几时才能重聚。

④出入荣：指严武三朝都位居要职。

⑤"江村"句：指送别后独自回到浣花溪边的草堂。

【鉴赏】

远送严公从成都到绵州，此地就要与君道别，青山巍然，枉留下依依惜别之情。昨夜月下同饮，不知何时才能再把盏长谈。巴蜀各郡百姓都称颂你的政绩，惋惜你的离任，你连续三朝都沐浴皇恩，位居要职。与君分别后，我又回到浣花溪边的草堂，将独自在寂寞中了此残生。

宝应元年（762）七月，杜甫于绵州作此诗，意在送严武奉召还朝。诗人曾任严武幕僚，深得严武关照，才在成都过上了几年安定生活，故对严武万分感激，不忍其离去。

其实严武为人暴戾凶残，以"恣行猛政"著称，历史记载对其多有不满之词，但其名声却超过了许多卓有政绩的治蜀官员，其原因就在于杜甫诗歌的影响，故有云："然则公（指杜甫）之倚赖武者在一时，而武之倚赖公者在万世矣。"看来，从长远来讲，还应是严武受恩于杜甫。然而，尽管诗人所受不过一饭之恩，却耿耿于怀，常思报答，这也是文人士大夫可贵的品行。

得人滴水之恩，当以涌泉相报，更何况当时杜甫逃难到成都，拖家带口，身无长物，贫困潦倒，若非严武接济，断难在成都立足。严武惜才，虽其滥施暴政，但对于"天下未乱蜀先乱"的蜀地，盖不得已而为之，对于后世也是功大于过。

别房太尉①墓

杜 甫

他乡复行役②，驻马别孤坟。
近泪无干土，低空有断云。
对棋陪谢傅③，把剑觅徐君④。
唯见林花落，莺啼送客闻。

179

【注释】

①房太尉：即房琯，字次律，河南洛阳人，玄宗时拜为宰相。肃宗时因兵败遭贬，杜甫也因为之说话而遭贬。

②复行役：指一再奔走。

③"对棋"句：晋代名将谢安，生前拜为太傅，喜欢下围棋。他在征讨符坚所率领的百万大军时，还在与客下围棋。后破符坚，捷报送到谢安处时，他还在与客人下棋，看过捷报，顺手放在床上，不露喜色，十分镇定。这里是以谢安比房琯。

④"把剑"句：据《史记·吴太伯世家》载，春秋时吴季札聘晋，路过徐国，徐君好其剑，却不敢言。季札心里明白，因要出使，未能赠剑，及还，徐君已死，遂解剑挂在坟树上而去。意即早已心许。这里是把季札比自己，徐君比房琯，喻两人交情生死如一。

【鉴赏】

我一生漂泊，现在要启程回成都了，特来与君道别。我驻马在君的孤坟前，别君之墓如别君之面，久久不忍离去。泪水浸湿了坟边的泥土，心情十分悲痛，精神恍惚，就像低空飘浮的断云。当年与你对弈，君颇有晋朝谢安的风采，而今在你墓前，就像季札拜别徐君，宝剑在手，故人已去，眼前只见林花飘落，纷纷扬扬。离去时，身后是黄莺的啼声，凄凄切切。

房琯在唐玄宗幸蜀时拜相，乾元元年（758）为肃宗所贬。杜甫曾为其上疏力谏，得罪肃宗，险遭杀害，后被贬为华州司功参军。宝应二年（763），房琯又进为刑部尚书，在路遇疾，卒于阆州（今四川阆中市）。两年后，杜甫路过阆州，特为老友上坟，作此诗。

房琯对杜甫有知遇之恩，在政治上也是志同道合。房琯遭贬，而后病逝，杜甫在政治上的希望也破碎了，此诗除悼念故人外，也寄寓了诗人政治上的失意。

旅夜书怀

杜 甫

细草微风岸，危樯①独夜舟。
星垂平野阔②，月涌大江流③。
名岂文章著，官应老病休。
飘飘④何所似，天地一沙鸥。

【注释】

①危樯：高耸的樯杆。

②"星垂"句：平野辽阔，远处的星星似乎已低垂到地面。

③"月涌"句：因长江波涛汹涌，月亮好像是从江中涌出来。

④飘飘：飘浮不定的样子。

【鉴赏】

微风轻轻地吹拂着江畔的细草，夜色已深，樯杆高耸的孤舟停泊岸边。原野辽阔，天边的星星如垂地面；江水汹涌，江中月影也随之起伏。我的名气，难道是因为文章而著称？年老体弱，想必我为官之念也该休矣。唉！我这漂泊江湖之人像什么呢？就像飞翔于天地之间，无家可归、孤苦伶仃的沙鸥。

代宗永泰元年（765）正月，诗人辞去节度参谋一职，返居草堂。四月，严武去世，杜甫在成都失去依靠，于是离蜀东下。此诗便作于舟经渝州（今重庆市）、忠州（今忠县）途中。全诗流露了诗人奔波不遇之情。

诗人出身名门，少有壮志，满腹经纶，才高八斗，然而，身逢乱世，颠沛流离，一生不济，连生计都难以维持。

故友去世，自己无以依靠，只得出蜀东下，前途何其渺茫。
自己的命运何异于那孤苦无依的沙鸥。

登岳阳楼

杜 甫

昔闻洞庭水，今上岳阳楼。
吴楚东南坼，乾坤①日夜浮。
亲朋无一字，老病有孤舟。
戎马②关山北，凭轩涕泗③流。

【注释】

①乾坤：指日、月。《水经注·湘水》记载："至洞庭，
日月若出入于其中也。"

②戎马：指战争。当时北方战事尚未停息，吐蕃入侵，
郭子仪领兵屯奉天（今陕西乾县）做好抵御外侵的准备。

③涕泗：眼泪。

【鉴赏】

很早就听说过名扬海内的洞庭湖，今日有幸登临湖畔的岳阳楼。八百里洞庭湖雄伟壮阔，把吴楚之地东西隔开，天地日月像在湖面上日夜漂浮荡漾。自己漂泊江湖、颠沛流离，亲朋故旧杳无音信，垂老衰病之年只有旅居在这一叶孤舟之上。边塞烽火未熄，战事未停，凭窗遥望，心忧家事国事，不禁涕泪纵横。

代宗大历三年（768）之后，杜甫出峡漂泊两湖，此诗是登岳阳楼而作。早闻洞庭盛名，暮年才得登临，其中也寄寓了诗人早年抱负至今未能实现的感伤。诗人当时已经五十七岁，体弱多病，耳聋臂麻，尚且心忧国家，常思报国，令人喟叹。

辋川^① 闲居赠裴秀才迪

王 维

寒山转苍翠，秋水日潺湲^②。
倚杖柴门外，临风听暮蝉。

渡头余落日，墟里③上孤烟。
复值接舆④醉，狂歌五柳⑤前。

【注释】

①辋川：在今陕西省蓝田县。

②潺湲：水缓缓流淌的样子。

③墟里：村落。

④接舆：春秋楚隐士，这里比作裴迪。

⑤五柳：即五柳先生，陶渊明以此自称，此作者自喻。

【鉴赏】

时至秋日，寒山变得更加郁郁苍苍，山中秋水潺潺。此时，心如止水的诗人拄杖立于柴门之外，静听着傍晚树林里秋蝉的鸣叫，秋山显得更加幽静。夕阳挂在渡口西边的天空尽头，村落里升起袅袅炊烟。此时，又碰上裴迪这个像接舆一样好酒的高士，在我五柳先生门前放声高歌。

诗人幽居山林，超然物外，自比陶潜，闲居之乐令人羡慕。倚杖柴门，临风听蝉是何等的境界，非凡夫俗子所能参悟。如今身处闹市的人，城市的喧嚣使其不得片刻清静，总向往那渡头落日，墟里孤烟的山村风物。希望再无衣食之忧时，能移居田园，把酒话桑麻，不论名与利。

山居秋暝①

王 维

空山新雨后，天气晚来秋。
明月松间照，清泉石上流。
竹喧归浣女，莲动下渔舟。
随意春芳②歇，王孙③自可留。

【注释】

①暝：天色昏暗。

②春芳：春草。

③王孙：王爵的子孙，泛指贵族子孙，古时也用来尊称一般青年男子。《楚辞·招隐士》中有："王孙游兮不归，春草生兮萋萋。……王孙兮归来，山中兮不可以久留。"此反其意而用之。

【鉴赏】

一场新雨过后，山谷特别清静。秋天的傍晚，天气格外

186

凉爽清新。月光从松林间洒落，清泉在大石上叮咚流淌。竹林里传出归家洗衣女的谈笑声，水中莲叶轻轻摇动，那是晚归的渔舟正顺流而下。任凭春天的芳草随时令而消逝吧，游子在美丽的秋色中，自可流连徜徉。

山雨初霁，幽静闲适，清新宜人。皓月当空，青松如盖，山泉清冽，流于石上，清幽明净。如此美景，任谁都会留恋其间。

归嵩山作

王　维

清川带长薄[①]，车马去闲闲[②]。

流水如有意，暮禽相与还。

荒城临古渡，落日满秋山。

迢递嵩高下，归来且闭关[③]。

【注释】

①薄：草木丛生处。

②闲闲：从容的样子。

③闭关：闭门谢客之意。

【鉴赏】

　　一脉清流掩映在茂密的山林之中，我驾乘马车，悠闲地一边赶路，一边欣赏着山中的景色。流水呀，你若有情，就伴我同归吧。你看，在这苍苍暮色中，鸟儿也是结伴而还。荒芜的古城附近有一个古渡口，古城已荒，渡口也很寂静。诗人经安史之乱，仕途受挫。鸟儿到了傍晚，尚知回归，何况诗人本有慧根，生而好静，宦海沉浮已令人疲惫，如今夕阳西下，该归去了。

终南山

王　维

太乙①近天都，连山到海隅。

白云回望合，青霭入看无。

分野②中峰变，阴晴众壑殊。

欲投人处宿，隔水问樵夫。

【注释】

①太乙：又称"太一"，为终南山主峰，也是终南山别名。

②分野：将天上星宿配地上的州国，称"分野"。

【鉴赏】

终南山主峰太乙直插云霄，已经接近天帝居住的地方，山峦绵延直到海边，其气势是何等的雄伟。山下白云滔滔，蔚成一片云海，走近一看，又不见青云的踪影。云气变幻，移步变形。以终南山的中峰为界，东西就属于两个不同星宿的分野。在同一时间，各个山谷之间的阴晴也不相同，这足见终南山连绵宽广。在这宽广的终南山，人烟稀少，想要寻找人家投宿，必须隔着山溪问樵夫才能知晓。

满纸云烟，气势磅礴，终南山之雄伟如画一般展现在眼前。终南山是不少自命不凡、渴望入仕的文人墨客隐居的地方。其实，他们之所以隐居在这与都城长安毗邻的终南山，无非是想引起京城中达官显贵，甚至是帝王的注意。其隐居者，多属身在终南，心在京城，试图通过此终南捷径，走上仕途而已。

酬张少府

王　维

晚年唯好静，万事不关心。
自顾无长策，空^①知返旧林。
松风吹解带^②，山月照弹琴。
君问穷通理，渔歌入浦深。

【注释】

①空：徒、只。
②吹解带：表现一种闲散的心情。

【鉴赏】

晚年的我只喜欢宁静，再也不挂心尘世俗务了。我自知没有经世治国的良策，只好告老还乡。松林的清风吹拂我的衣裳，深山的明月陪我弹琴吟唱，这种无忧无虑的生活，正是我一直期盼的。张少府问我穷困通达的道理，我没有回答，只让他听那水滨深处传来的渔歌。

唐诗宋词元曲精编

诗人的才华举世公认，却说"自顾无长策"，这分明是不满朝政的牢骚之词。末句对"君问穷通理"故作玄解，和陶诗"此中有真趣，欲辨已忘言"如出一辙。

过香积寺

王 维

不知香积寺，数里入云峰。
古木无人径，深山何处钟。
泉声咽危石，日色冷青松。
薄暮空潭曲，安禅制毒龙①。

【注释】

①"薄暮"句：《涅槃经》中所说的其性暴烈的毒龙已经制服，喻指人的妄想已被制服。安禅，指心安然入于清寂宁静之境。

【鉴赏】

原不知香积寺在何处，入山数里，登上了高入云天的山峰，山中古木参天，根本没有行人走过的路径。深山中传来隐隐约约的寺庙钟声。清澈的泉水在危石间流动，好似人在抽泣呜咽；日光照进茂密蔽天的松林，也带着幽幽的寒气。傍晚时分，我才到达香积寺，伫立在空寂的清潭边，有如禅定，身心安然，一切邪念皆空。深山古寺，人迹罕至，其实比喻的是凡人难以达到的一种"安禅"的境界。人要达到这种身心安闲、万念俱灰的境界需要"数里入云峰"，深入无人径的古森林，在幽远的寺钟的引导下，穿过幽邃的山路，才能达到圆满，大彻大悟。凡人少有能读懂此诗者。名锁利缰，有几人看得透滚滚红尘？那些所谓的风流人物，早已湮没在历史的长河中，了无痕迹。唯有流水淙淙，青山依旧，侧耳聆听那古寺的钟声如丝丝缕缕的青烟，依然回荡在深山空谷。

送梓州李使君

王 维

万壑树参天，千山响杜鹃。
山中一夜雨，树杪①百重泉。

汉女输橦布^②，巴人讼芋田。
文翁^③翻教授，不敢倚先贤。

【注释】

①杪：树枝的细梢。

②输橦布：蜀地妇女以橦布向官府纳税。橦，梧桐木，即草棉，一种多年生木本棉花，长于中国云南省，其花瓣可织成布。

③文翁：汉景帝时蜀郡太守，政尚宽宏，见蜀地僻陋，乃建造学馆，诱育人才，使巴蜀日渐开化。

【鉴赏】

千山万壑，古树参天，杜鹃啼叫，回荡山林。山中夜雨之后，雨水汇流成泉，远远望去，溪流好像不是在洞中奔流，而似百道飞泉挂在林梢。蜀地僻陋贫穷，妇女以橦布向官府纳税，巴蜀人不知礼让，常因争芋田而打官司。汉景帝时，蜀郡太守文翁在蜀地建学校，兴教化，使巴蜀日渐开化。李使君你此去梓州为官，那里素来贫困落后，但愿你去了那里不要依赖先贤的遗泽而不思进取，要重振文翁的精神，使那里教化一新。

此送别诗没有一般的折柳相依、儿女沾巾的悲戚，而是勉励朋友继往开来，兴一方教化，令人耳目一新。

汉江临眺

王　维

楚塞三湘①接，荆门九派通。

江流天地外，山色有无中。

郡邑浮前浦，波澜动远空。

襄阳好风日，留醉与山翁②。

【注释】

①三湘：漓湘、潇湘、蒸湘的总称，在今湖南境内。

②山翁：指晋代山简，竹林七贤山涛之子。曾镇守襄阳，好饮，每饮必醉。

【鉴赏】

　　汉江连接楚塞三湘，又与长江的九条支流在荆门相通。汉江奔流向东，绵延千里，极目而望，不辨首尾，似已流出天地之外；汉江两岸的群山，隐隐约约，似有若无。水势浩大，远望郡邑好像浮在前面的水滨上；水天相接，远处的天

194

空像在波涛中摇晃。这汉江附近的襄阳，风光如此之壮美，真想和那山翁一样留在此地，饮酒赏景，长醉不还。

满目江水汹涌，两岸青山缥缈。王维诗中难有如此气势宏大的篇章，有李诗之气象。然而他与李白思想迥异，外界之浩瀚空阔、雄浑壮丽，在李白为寓其胸怀博大，直挂云帆济沧海之志；在王维则喻示其内心之静，忘怀名利，不同流于世俗，与大自然相融，以美景佐酒，长醉不醒。

终南别业

王 维

中岁颇好道，晚家南山陲。
兴来每独往，胜事①空自知。
行到水穷处，坐看云起时。
偶然值②林叟，谈笑无还期。

【注释】

①胜事：快意的事。

②值：遇见。

【鉴赏】

　　中年时，我就信仰佛教，晚年才抛弃凡事，隐居终南山脚的辋川。在辋川的生活是非常悠闲的：兴之所至，便独自外出寻幽，快意的事情也只有自己知道，他人未必以为这是快乐。就像一个人信步走到溪流的尽头，找个地方坐下，观看天空中变幻不定的白云。有时，在林中会遇见一个砍柴的老人，就与他随意交谈，不知不觉忘了回家的时间。

　　王维之天性淡逸、超然物外，在此诗表现已登峰造极，无以复加。中年既向道，晚年归终南，其悠闲自得、随意而行、自由自在的生活真令人羡慕。王维似乎是不染半点尘埃，不食人间烟火的神仙，其人、其生活、其境界，可望而不可即也。

临洞庭湖赠张丞相

孟浩然

八月湖水平，涵虚①混太清②。
气蒸云梦泽，波撼岳阳城。

欲济无舟楫，端居③耻圣明。

坐观垂钓者，徒有羡鱼情。

【注释】

①涵虚：包含太空，指天空倒映水中，水天难辨。涵，包含。

②太清：天空。

③端居：安居。

【鉴赏】

八月秋雨绵绵，洞庭湖水上涨，湖波浩渺，望去与岸齐平；水汽弥漫，充塞天地，湖水与天空一色，难以分辨。水汽蒸腾，笼罩云梦大泽，浪涛翻滚，似乎要撼动岳阳城。想要渡过洞庭湖，却苦于没有船桨，生逢清明盛世，却闲居在家，无所作为，内心深感羞愧。坐在旁边观看那垂钓的人，真羡慕那被钓的鱼儿。

身逢盛世，满腹经纶，却闲居在家，更何况诗人亲老家贫，急于用仕之心可以理解，无伤诗人高洁的品格。诗人要官，含而不露，不卑不亢，较今日之奔走权门、汲汲营营之人，可以说是斯文多了。

与诸子登岘山

孟浩然

人事有代谢①，往来成古今。
江山留胜迹，我辈复登临。
水落鱼梁②浅，天寒梦泽深。
羊公碑③尚在，读罢泪沾襟。

【注释】

①代谢：交替，轮换。

②鱼梁：即鱼梁洲，地处襄阳。

③羊公碑：襄阳百姓在岘山为羊祜所立之碑。

【鉴赏】

古往今来，岁月沧桑，人间世事交替循环，生生不息。江山风物依旧，留下多少名胜古迹，但羊祜先生已去。今与友人又登岘山一览美景，时已秋末，登山俯瞰，水位下落，鱼梁洲高高地露出水面。天寒地冻，云梦大泽显得尤其深不可测。羊公碑还在，我读罢碑文不禁泪湿衣襟。

诗人登高望远，景物依旧，人事已非。诗人含蓄地表达了自己功名未成，壮志难酬，青山永存，人生易逝的感叹。然而，今人依旧记得孟公。不过，笔者以为孟公之诗格调不高，意境不远。

宴梅道士山房

孟浩然

林卧愁春尽，褰帷①览物华。
忽逢青鸟②使，邀入赤松③家。
丹灶初开火，仙桃正发花。
童颜若可驻，何惜醉流霞④！

【注释】

①褰帷：撩起帷幕。褰，撩起。
②青鸟：神话中的鸟名，西王母的使者。
③赤松：即赤松子，传说中的仙人，此隐指梅道士。
④流霞：仙酒之名。

【鉴赏】

　　高卧山林，心里正为春日将去而愁情满怀。正撩起帷幕赏览春景，梅道士的使者忽然前来邀请去仙居宴饮。到了道士居处，见炼丹的炉灶才生起火，屋外的仙桃树正在开花。如果说饮流霞酒能永保童颜，那又何惜一醉。

　　此诗流露出作者向道之心。诗人素与僧侣道士过往甚密，大概这些人与诗人一样，有高蹈之志，无世俗之情。诗人应试不第，隐居襄阳，寄情山水，自我麻木。因为诗人常自伤自悼，悲悲戚戚，少见恬淡空灵，悠然自得，因而其诗境界不及陶潜，也较王维逊色。

岁暮归南山

孟浩然

北阙①休上书，南山归敝庐。

不才明主弃，多病故人疏。

白发催年老，青阳②逼岁除。

永怀愁不寐，松月夜窗虚③。

200

【注释】

①北阙：指帝宫。

②青阳：指春天。

③虚：空寂。

【鉴赏】

玄宗开元十六年（728），我（孟浩然）到长安参加进士的考试。我的文章写得好，又得王维和张九龄的褒奖，一时间在众文人中声名大振，没想到却名落孙山。我在政治上所抱持的梦想被不遇的无情事实彻底粉碎了。我也不必向皇帝上书，请求谒见，提出我的政治主张，还是回到故乡那破旧的茅草屋去吧。只怕是我才疏学浅，才不被明主任用。我已穷途末路，又年老多病，朋友也渐渐与我疏远了。岁月无情，催人衰老，头上白发越来越多。春光明媚，好像在逼迫旧的一年快快离去。唉！我心中愁苦，彻夜不眠；月光穿过松林，透过窗户，照着无眠的我，倍感寂寞。

过故人庄

孟浩然

故人具①鸡黍②，邀我至田家。
绿树村边合，青山郭③外斜。
开轩面场圃，把酒话桑麻。
待到重阳日，还来就④菊花。

【注释】

①具：准备。

②黍：今北方谓之黄米。

③郭：本义是在城的外围加筑的一道城墙。这里指村庄的远处。

④就：赴，这里有欣赏的意思。

【鉴赏】

诗人的朋友杀鸡做饭，准备了丰盛的饭菜，邀请诗人到农家做客。诗人到农家一看，只见翠绿浓密的树林环绕着村庄，远处横卧着高低起伏的青山，好一幅平和安宁的田园景致。来到朋友家，打开窗户便见农家的禾场和菜园。与朋友饮酒时，谈论的是种植桑麻之类的农家事。此地真是一个令人愉悦的好地方，等到了九九重阳节，我还要到朋友这儿来赏菊花。

现在也有不少的城里人，周末驱车去能让人感觉片刻悠闲、暂时忘怀名利角逐的地方。几间小屋，一杯清茶，三杯两盏淡酒，农家人清亮的眸子，含羞的微笑，让人忘却一切扰人俗务。

秦中寄远上人①

孟浩然

一丘常欲卧，三径②苦无资。
北土非吾愿，东林③怀我师。
黄金燃桂④尽，壮志逐年衰。
日夕凉风至，闻蝉但益悲。

【注释】

①上人：对僧人的敬称。

②三径：据《三辅决录》载，汉末年，兖州刺史蒋诩辞官回乡，在院内辟三径，唯与求仲、羊仲来往。后陶渊明《归去来分辞》有"三径就荒，松菊犹存"句。后人即以"三径"指退隐家园。

③东林：指庐山东林寺。

④燃桂：《战国策·楚策》载有"楚国之食贵于玉，薪贵于桂"，后世以"燃桂"比喻处境窘迫。

【鉴赏】

我常想隐居小丘，醉卧林泉，过闲逸的田园生活，但又苦于家无余资，不能维持隐居生活，迫于无奈才进长安求官。其实跻身仕途并非我的本心，实在是双亲年事已高，家境贫寒的缘故。很羡慕东晋高僧慧远在庐山的生活，如闲云野鹤一般。在长安求官的日子，京城物价昂贵，盘缠所剩无几，当初的凌云壮志因此次无功而返和年岁的增长而衰减。傍晚时分，阵阵凉风吹拂，听到暮蝉在风中凄厉的哀鸣，不禁怆然悲伤。

诗人长安落第，求官无门，退隐无钱，进退两难，恰又客居逢秋，内心凄凉，寄言僧友。诗人情绪的低沉，内心的悲哀至今恐怕也难有知音。

宿桐庐江寄广陵旧游^①

孟浩然

山暝听猿愁，沧江急夜流。

风鸣两岸叶，月照一孤舟。

建德非吾土，维扬^②忆旧游。

还将两行泪，遥寄海西头^③。

【注释】

①旧游：故交，老朋友。

②维扬：即扬州。

③海西头：因扬州靠近海，故曰海西头。

【鉴赏】

天色已晚，远近群山一片幽暗，沧江水昼夜不停奔流向东，夜色苍苍，满目凄凉，猿声悲戚凄厉得令人生愁。两岸树林在晚风中沙沙作响，明月照着江上孤舟，一片孤寂，我不禁思乡念友，内心悲凄。此地风景再好也不是我的故乡啊！想起扬州的老朋友，我热泪纵横，我要把这两行热泪寄予扬州的朋友以表思念。

读此诗，如鲠在喉，诗人求取功名无望，独自漂流在外，家乡远在天边，朋友不在眼前，孤凄之情令人黯然神伤。今日也不乏为生计所累，外出打工者，在陌生的环境中勤勤恳恳地做事，小心翼翼地做人，也会有把酒望月，酒入愁肠，双泪寄妻儿的孤寂凄凉。

留别王维

孟浩然

寂寂竟何待，朝朝空自归。
欲寻芳草①去，惜与故人违②。
当路③谁相假④，知音世所稀。
只应守寂寞，还掩故园扉。

【注释】

①寻芳草：喻追求理想。

②违：分离。

③当路：当权者。

④假：宽待，优厚宽容。

【鉴赏】

此次进京参加进士科考试，尽管自己在最高学府——太学作诗，满堂皆惊，深得张九龄、王维等人的称道，却还是不为朝廷所用。客居长安，寂寞无聊，这样等下去又有何益？每天四处奔走，还是一无所获，两手空空回到自己的寓所。

本想归隐山林，寻找自己向往的田园山水，又因要与故人王维离别，心中深感愧惜。朝中的当权者，谁能宽待我呢？这世上知音寥若晨星。既然求仕无望，我只有独守清冷寂寞，回归故里，闭门不出，不再求取功名。

怀才不遇是许多文人墨客共同的叹息，因为读书人都自以为有经世治国之才，然而往往事与愿违。诗人究竟悲观到了何种程度，居然要回归故里，闭门不出，独守寂寞。诗人求官是为实现自己的政治抱负，一展宏图，相较于今人，其目的要实在得多。

早寒有怀

孟浩然

木落雁南渡，北风江上寒。
我家襄水①曲，遥隔楚云端。
乡泪客中尽，孤帆天际看。
迷津②欲有问，平海③夕漫漫。

【注释】

①襄水：也叫襄河，汉水在襄阳以下的一段，水流曲折，故云"襄水曲"。

②迷津：迷失方向，找不到渡口，喻找不到出路。津，渡口。

③平海：指水面平阔。

【鉴赏】

树叶飘落，大雁南飞，北风啸啸，江水寒冷彻骨，一派深秋的萧条景象。我的家呀，在那襄水湾，好像在楚天云端的那一边，遥不可及。一种飘零之感又袭上心头，思乡的泪水，在旅途中早已流尽。家人也一定在遥望天边的孤帆，盼望游子归来。此去长安，未知路在何方。眼前只见平静的江水在傍晚的雾气笼罩下漫无边际，恰如心中弥漫的孤寂和惘然。

归来吧，浪迹天涯的游子，即便你没有求得功名，行囊空空，满头银丝的老母依然拄杖在家乡村口，满目凄凉，盼你回归。那千百年的读书人啊，何苦汲汲于功名，背井离乡，忍把妻子抛弃，让老母惆惶度日。

秋日登吴公台上寺远眺

刘长卿

古台摇落①后，秋日望乡心。
野寺来人少，云峰隔水深。
夕阳依旧垒②，寒磬满空林。
惆怅南朝事，长江独至今。

【注释】

①摇落：零落。

②旧垒：指吴公台。

【鉴赏】

秋风瑟瑟，落叶飘零，我独自登上南朝宋沈庆之攻打竟陵王刘诞时所筑的弩台，满目萧索，思乡的愁绪蓦地涌上心头。弩台上的寺庙荒凉冷清，山高水深，游人罕至。远望山峦，尽在云蒸雾绕之中。夕阳沿着旧垒缓缓下落，寺院中清冷的钟磬声回荡在空林中。南朝陈迹犹存，但当时你争我夺的英雄豪杰已了无痕迹，唯有这长江水，依然奔流在秋日的夕阳中。

这是一首吊古诗，观古迹零落，人迹罕至；江山依旧，人物不同，心生万端感慨。末两句颇有"大江东去，浪淘尽，千古风流人物"之气韵。"万里长城今犹在，不见当年秦始皇。"历史的长河可以荡尽一切，包括国仇家恨，我们又何必对个人之得失悲悲戚戚、哀哀怨怨，甚至呼天抢地呢？

送李中丞归汉阳别业^①

刘长卿

流落征南将，曾驱十万师。
罢归无旧业^②，老去恋明时^③。
独立三边静，轻生一剑知。
茫茫江汉上，日暮欲何之^④？

【注释】

①别业：别墅。

②旧业：在家乡的产业。

③明时：对自己所处时代的美称。

④何之：何往。

【鉴赏】

飘零的征南大将军，你当年曾经统领过十万雄师。你为官清廉，罢官返乡后没有任何产业，人已老迈，还眷恋着清明盛世。你曾独自镇守三边的疆土，威慑敌军，因此边关无战事。为报效国家，你不畏牺牲，准备以身殉国之心只有随身的佩剑知道。面对着汉水渺渺，已是垂暮之年的你，将要流落何处呢？

这首诗是赠送给罢官还乡的将领李中丞，赞扬他久经沙场，战功卓著，廉洁奉公，忠勇为国；感伤他老来流落的境遇，寄予了诗人无限的同情。

饯别王十一南游

刘长卿

望君烟水阔，挥手泪沾巾。
飞鸟①没何处②，青山空向人③。
长江一帆远，落日五湖春。
谁见汀洲上，相思愁白蘋④。

【注释】

①飞鸟：比喻远行的人，此指王十一。

②没何处：从侧面写作者仍在凝望友人远去的背影。

③空向人：枉向人，意谓徒增伤悲。

④白蘋：一种水草，花白色，故名白蘋。

【鉴赏】

　　遥望你的小舟，已驶向烟水空茫的长江，我依然不停地向你挥手，泪水沾湿了手巾。渐渐地见不到你的小船，它就像飞鸟一样，不知飞到哪儿去了。我徒然面对青山，心中无限惆怅。茫茫无际的江水载着你的船儿渐渐远去。朋友你此去江南，可以欣赏到夕照下的五湖春色。有谁能看见我眷怀故友，徘徊在汀洲之上？满腔相思，只能愁对河边的白蘋！

　　此诗是一首送别之作。告别朋友，诗人依依不舍，泪落沾巾；朋友去了，诗人只有空对青山，徘徊汀州，愁对白蘋。全蘋诗虽只写作别风光，然而满腔离情，完全融入景中，达到情景交融的境地，"一切景语皆情语"。

寻南溪常道士

刘长卿

一路经行处，莓苔见履痕。
白云依静渚①，芳草闭闲门。

过雨看松色，随山到水源。

溪花与禅意，相对亦忘言②。

【注释】

①渚：水中的小洲。

②"溪花"二句：因悟禅意，故也相对忘言。禅，佛教指清寂凝定的心境。

【鉴赏】

常道士居处清幽僻静，一路走去，苍苔遍布，上面隐约可辨有人走过的足迹。白云悠悠，漂浮在清静的江渚上，芳草萋萋，遮蔽了常道士的柴门。我观赏着山雨过后的苍松翠柏，又沿着山路来到溪流的源头。面对溪边的悠闲自得的花草，我领悟到了其中的禅意，见到了常道士，也是相对无言。

此诗是写寻访常道士的过程，其实是写常道士隐居之处的景色：莓苔遍布，间有屐痕；悠悠白云，缭绕沙洲；芳草萋萋，掩蔽柴门，是何等的清幽，难怪诗人观雨后松色、溪边花草可以达到清寂凝定的心境。

山林安闲，道士安闲，诗人也安闲。俗人是难以达到这样的境界的。

新年作

刘长卿

乡心新岁切，天畔独潸然①。
老至居人下，春归在客②先。
岭猿同旦暮，江柳共风烟。
已似长沙傅，从今又几年③。

【注释】

①潸然：流泪的样子。

②客：指诗人自己。

③"已似"句：西汉贾谊曾为大臣所忌，贬为长沙王
太傅。这里诗人借以自喻。

【鉴赏】

新年到了，我更加思念家乡。独自一人浪迹天涯，怎不
叫我潸然泪下？我已经年纪老大，却官职卑微，久居人下，
更令我黯然神伤。春回大地，我却还在这偏僻的南巴之地，

欲归不得。在岭南，早晚只能与猿猴相依为伴；与江边杨柳一样任风烟吹拂。像西汉贾谊被贬为长沙王太傅，这样的日子不知还要多少年才能结束。

此诗作于诗人被贬南巴尉时，诗人以贾谊自比，表达新岁怀乡的凄凉愁苦，也表达对自身遭遇的悲愤之情。

送僧归日本

钱 起

上国①随缘住，来途若梦行。

浮天沧海远，去世法舟②轻。

水月③通禅寂，鱼龙听梵声④。

惟怜一灯⑤影，万里眼中明。

【注释】

①上国：这里指中国。

②法舟：僧人乘的船。

③水月：佛教用语，比喻一切像水中月那样虚幻。

④梵声：诵经的声音。

⑤灯：双关，以舟灯喻禅灯，暗指佛法。

【鉴赏】

由于佛法之缘，你来到中国，来时一路雾霭茫茫，如在梦中行船。你来自沧海的远处，小船好像浮现在遥远的天际。如今又乘舟渡海归国，你已超脱尘世，自然会觉得法舟轻盈。你佛法崇高，心境凝定清寂，视一切都如镜花水月；海中游过的鱼龙，也在倾听你吟诵佛经。你行船海上，舟灯光照万里，恰似一盏禅灯，照亮众生的心田。

此诗是写送别日本僧人，前半部分却写日僧来华，后半部分又写海上景物，这样就使诗意宽而不散，诗情蕴而不晦。诗中用了"随缘""法舟""水月""禅寂""梵声"等佛家术语，虽是紧扣送僧的主题，寄寓颂扬之意，但也稍嫌"专业化"，有伤诗意，与"诗佛"王维相比有所不及。

谷口①书斋寄杨补阙②

钱　起

泉壑③带茅茨，云霞④生薜帷。

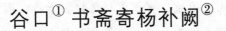

竹怜新雨后，山爱夕阳时。

闲鹭栖常早，秋花落更迟。

家童扫萝径，昨与故人期。

【注释】

①谷口：古地名，在今陕西泾阳县西北。

②补阙：官名，分左右补阙，职责是向皇帝规谏和举荐，左右拾遗比其低一级。

③泉壑：山水。

④云霞：指云霞之光。

【鉴赏】

　　我的茅屋书斋就在山中高处，清泉、幽谷之旁，霞光映照着墙头帷幔般的薜荔藤，十分幽静清新。书斋附近，新雨之后的青竹愈加苍翠，更惹人喜爱。夕阳的余晖映照着晚山更添秀色。回巢栖息的白鹭，悠闲自得；秋日高山的花朵也迟迟没有凋谢。家童正把松萝小路打扫干净，因为昨天我与老朋友相约前来书斋叙谈，只等他如期光临。

　　雨后新竹，生机勃发；晚山夕照，余晖动人；秋花未落，仍有蓓蕾；书斋景物如此幽静清新，怎不促使杨补阙践约前来？

　　全诗写景，句法工整，是一篇难得的邀约友人的好诗。

淮上喜会梁州故人

韦应物

江汉曾为客，相逢每醉还。
浮云一别后，流水①十年间。
欢笑情如旧，萧疏鬓已斑。
何因不归去，淮上有秋山。

【注释】

①流水：喻岁月如流，又暗合江汉。

【鉴赏】

　　我俩曾经一同客居江汉，常常往来，每次与您相聚，总
是不醉不归。自从我俩阔别之后，你我都像浮云般飘忽不
定，时光如流水，不觉已经过去了十年。今日重逢，你我友
情依旧，欢笑依然，只是头发稀疏，都已两鬓斑斑。您问我
为什么至今不回故里长安，我回答是因为留恋淮河边峭拔秀
丽的秋山。

阔别十年今又重逢，喜悦之情溢于言表，也触发颇多感慨。情依旧，笑还欢，只是鬓发已染霜，盛年不再，世事茫茫，何必向长安。

　　其实淮河边是一片平原，并无山陵，此处秋山可视为一般风景。韦应物早年任侠使气，晚年闲静清雅，对山川田园自有其独特的理解，心中有山，满目皆翠，万物皆由心生。

赋得①暮雨送李曹②

韦应物

楚江微雨里，建业暮钟时。
漠漠③帆来重，冥冥鸟去迟。
海门④深不见，浦树远含滋。
相送情无限，沾襟比散丝⑤。

【注释】

　　①赋得：古人与朋友分题赋诗，分到的题目叫"赋得"。

　　②李曹：一说"李胄"，不详。

220

③漠漠：水汽密布的样子。

④海门：长江入海处。

⑤散丝：比喻微雨。

【鉴赏】

傍晚时分，楚江笼罩在蒙蒙细雨中，南京城内传来幽远的钟声。雨下得又细又密，船帆被浸湿了，船儿踟蹰在烟波江上，好像不忍离去；天色昏暗，鸟儿的双翼也被雨水淋湿，缓慢地飞翔在雨中。遥远的长江入海处已消失在浓浓的雨雾中，望也望不见；远岸的树木经雨水的冲刷后，显得十分滋润。我与老友依依惜别，无限留恋，泪水就像空中飘扬的雨丝，沾湿了衣裳。

这是一首送别诗。分手在雨天，怎不更添几分离愁。诗人可谓以景传情、融情于景的高手。

酬程近秋夜即事见赠

韩 翃

长簟①迎风早，空②城澹③月华。

星河秋一雁，砧杵夜千家。

节候看^④应晚，心期卧亦赊^⑤。

向来吟秀句，不觉已鸣鸦。

【注释】

①簟：簟竹。

②空：形容秋天清虚的景象。

③澹：荡漾。

④看：估计。

⑤赊：迟。

【鉴赏】

挺拔的竹子首先感觉到秋风，皎洁的月光洒满了寂寞的京城。银河渺渺，只见一只大雁横空而过，砧杵声声，千家万户都在捣衣。现在估计已是晚秋，你我两心相通而作诗相赠，我迟迟未睡，只因为一直在吟诵你送我的佳句，不知不觉已是天亮鸦啼。

这是一首酬答诗，为了酬诗，而通宵未眠，足见彼此心期之切。

阙　题

刘眘虚

道由白云尽①，春与青溪长。
时有落花至，远随流水香。
闲门向山路，深柳读书堂。
幽映每白日，清辉照衣裳。

【注释】

①"道由"句：指山路在白云尽处，即在尘境之外。

【鉴赏】

　　山路消失在白云深处，春意与青青的溪水一样悠长。不时有落花随溪水漂流而至，落英的芬芳随小溪一同漂流远方。清静的柴门面对蜿蜒的山路，我的读书堂掩映在柳荫深处。每当阳光穿过柳荫，我的衣襟上便洒满了清幽的光辉。这是一首写暮春山居的诗，白云春光，落花流水，溪水流香，柳色青青，一片春光春色，清新自然，幽静恬淡。

江乡故人偶集客舍

戴叔伦

天秋月又满，城阙夜千重。
还作江南会，翻^①疑梦里逢。
风枝惊暗鹊，露草覆寒蛩。
羁旅^②长堪醉，相留畏晓钟。

【注释】

①翻：反而。
②羁旅：漂泊。

【鉴赏】

　　一轮满月高挂在秋天的夜空，城楼沉浸在浓浓的夜色中。诸位友人不期而遇，江南相聚的情景居然在此异地他乡重现，令大家怀疑是梦中相逢。寒风吹，树枝摇，惊起枝头栖宿的鸟鹊；秋草黄，霜露重，覆盖着唧唧鸣叫的寒虫。漂泊在外的游客应该痛饮，不醉不罢休，酒醉方能解乡愁。相

互挽留，真怕听到报晓的钟声，唯恐天明，大家又要依依
道别。

　　此诗写诗人羁旅之中与朋友偶集之事。秋夜月满，偶集
异乡，实属难得，相见不易，应作长夜之欢，故最怕晓钟，
担心分手。

　　久旱逢甘露，他乡遇故知，这本是人生幸事，更何况长
年漂泊在外的游人？如此月圆秋夜，焉能不相互挽留劝酒？
劝君更尽一杯酒，与尔同销万古愁。人生能有几次酣畅淋漓
的豪饮？

送李端

卢　纶

故关衰草遍，离别正堪悲。
路出寒云外，人归暮雪时。
少孤①为客早，多难识君迟。
掩泣空相向，风尘②何所期。

【注释】

①少孤：指早年丧父。

②风尘：这里是时代纷乱的意思。

【鉴赏】

正是岁末严寒之时，故乡遍地都是衰草，我强忍着内心的伤悲，与你在这凄凉的季节分别。你踏上远去的山路，渐渐消失在寒云之外。送你归来，正遇日暮飞雪。我少年丧父，很早就离家四处漂泊。

与君结识，正值国家多难之时，真是相见恨晚。你已远去，不见影踪，我空朝你去的方向掩面而泣。世事纷繁，在这离乱的年代，不知何时才能重逢。

这是一首悲凉的送别诗。天寒地冻的时候，乡关遍地衰草，诗人强忍离别的悲痛，怅望友人的身影渐行渐远，没于寒云之中，想起自己年少而孤，孤苦飘零，幸遇友人，一见如故，如今友人却远去，只有独自垂泪。诗人感叹身世，既是怜友，亦是悲己，词切情真，悲凉回荡，对友人的依依难舍之情感人至深。

喜见外弟又言别

李 益

十年离乱后，长大一^①相逢。
问姓惊初见，称名忆旧容。
别来沧海^②事，语罢暮天钟。
明日巴陵^③道，秋山又几重。

【注释】

①一：加强语气的助词。
②沧海：比喻世事的巨大变化。
③巴陵：现湖南省岳阳市，即诗中外弟将去的地方。

【鉴赏】

兵荒马乱，战火纷纷，一晃已过去了十年，如今你我都
已长大成人，在异地偶然相逢。

刚见面时，请问了你的姓，我有些惊疑，却不敢相认，
直到你说了名字，我才回忆起你年少时的面容。你我兄弟久

别重逢，心中异常激动，相互倾诉离别后的变故，不知不觉到了傍晚，山寺的钟已经敲响。明日你又要登上巴陵古道，踏上旅途，我们之间不知又要被多少重山阻隔。

本诗写表兄弟因战乱阔别多年，偶然相逢又匆匆别离。

全诗采用白描手法，以凝练的语言和生动的描写，表现了社会动荡给人民带来的深重灾难。

云阳馆与韩绅宿别

司空曙

故人江海别，几度隔山川。
乍①见翻疑梦，相悲各问年。
孤灯寒照雨，深竹暗浮烟。
更有明朝恨，离杯惜共传②。

【注释】

①乍：骤然，突然。

②共传：互相举杯。

228

【鉴赏】

你我两人自从江海阔别之后，已有多少年被千山万水重重阻隔，难得一见。偶然相逢，反而怀疑是在梦里。人事沧桑，又不知匆匆过去了多少年，都已记不清对方的年龄，相对悲叹，互问年庚。老友重逢，各叙平生，在客舍中，孤灯映照着窗外夜雨，轻烟迷蒙，笼罩着幽深的竹林。最可恨的是明朝又要分别，乍见又别，我们只能相互传杯劝酒。

人生苦短，聚少离多，实在令人倍感凄怆。此种情景，不难理解何谓"黯然销魂者，唯别而已矣"（江淹《别赋》）。

喜外弟①卢纶见宿②

司空曙

静夜四无邻，荒居旧业贫。

雨中黄叶树，灯下白头人。

以我独沉久，愧君相见频。

平生自有分③，况是蔡家亲④。

【注释】

①外弟：姑母的儿子。卢纶也是"大历十才子"之一。

②见宿：被留宿。

③分：情谊。

④蔡家亲：一作霍家亲。晋羊祜为蔡邕外孙，这里只是说明两家是表亲。

【鉴赏】

我家道衰落，住在荒郊野外，因而穷居无邻，秋夜也更显孤寂。淅淅沥沥的秋雨，滴打在老树的枯叶上。昏暗的灯光中，只有我这孤独的白发老人。我长期以来孤寂沉沦，多次承蒙你前来看望，令我感到十分惭愧。我们之间素来交好，更何况我们还是表亲。

该诗写诗人贫居，外弟卢纶来访，并留宿家中，悲凉中见到亲友，自然喜出望外，因而谈起了自己的近况。家道衰落，独居荒野，秋雨打黄叶，孤灯照白头，可见诗人的辛酸和悲凉，处境已十分艰难。

贼平①后送人北归

司空曙

世乱同南去，时清②独北还。

他乡生白发，旧国③见青山。

晓月过残垒④，繁星宿故关。

寒禽与衰草，处处伴愁颜。

【注释】

①贼平：指安史之乱已平定。

②时清：指时局已安定。

③旧国：指故乡。

④残垒：指战乱后的景象。垒，防护军营的墙壁或建筑物。

【鉴赏】

安史之乱时，你我一同避难逃往江南；如今时局已经安定，你却独自北还。漂泊异乡八年，我已早生白发。你回到战乱后的故乡，那里恐怕早已残破不堪，所见到的，也许只有青山依旧。月儿还在空中，天还没有亮，你就早早出发了，在战后残留下的堡垒中穿行；到繁星密布的时候，你该投宿于北方的关隘了吧。你独自一人，无人做伴，一路上，只有寒禽和衰草与你相伴，满目劫后的惨景，令你生愁。

此诗写送故人返乡，当作于安史之乱结束不久。诗人表达了对北归友人的惜别之情，和自己独留他乡的惆怅，也曲折地表达了对故国残破的悲痛。

蜀先主庙

刘禹锡

天地英雄气，千秋尚凛然。
势分三足鼎，业复五铢钱^①。
得相能开国，生儿不象贤。
凄凉^②蜀故妓，来舞魏宫前。

【注释】

①五铢钱：王莽篡汉时，曾废五铢钱，至光武帝时，又

重铸。这里以光武帝恢复五铢钱，比喻刘备想复兴汉室。

②"凄凉"两句：蜀汉降魏后，后主刘禅迁至洛阳，被封为安乐县公。魏太尉司马昭宴请刘禅，并使蜀国女乐表演歌舞，旁人皆为他感伤，他却嬉笑自若。

【鉴赏】

先主刘备的英雄气概真可谓充塞天地，气贯山河，千秋永存，为后人所景仰。想当年，幸得贤相诸葛亮的辅佐，三分天下，形成鼎足之势，雄心勃勃意欲复兴汉室，可惜儿子刘禅却不是一个贤主。想当初，魏太尉司马昭和后主刘禅同宴，并让蜀国乐伎歌舞于刘禅前，其他降臣都因看到故国歌舞，感伤家国沦丧而悲伤流涕，刘禅却嬉笑自若，可悲呀！

没蕃故人

张　籍

前年戍月支^①，城下没^②全师。
蕃汉断消息，死生长别离。
无人收废帐，归马识残旗。

欲祭疑君在，天涯哭此时。

【注释】

①月支：和下文的"蕃"皆指吐蕃，古时西部少数民族建立的一个国家。

②没：死。

【鉴赏】

前年，你出征吐蕃，据说，在城外的一次战役中，唐军全军覆没。吐蕃和唐地之间断绝了音信，我与你从此生死别离。

无人去收拾那遗弃的营帐，大概只有战马还认得那残破的战旗。

想祭奠你的亡灵，却又怀疑你还活着，遥望天边，不知故友如今是生是死。天各一方，怎不让人伤心落泪。

此诗是悼念为征战覆没于异域的故人，然而是存是殁，将信将疑。全诗语真情苦，流露出非战思想。"欲祭疑君在"一句更显诗人思念故人之痛，诗人明白友人一定也战死沙场，但还存一线希望。

234

唐诗宋词元曲精编

草

白居易

离离①原上草，一岁一枯荣。

野火烧不尽，春风吹又生。

远芳②侵古道，晴翠接荒城。

又送王孙去，萋萋③满别情。

【注释】

①离离：分明的样子。

②远芳：伸展到远处的草。

③萋萋：茂盛的样子。

【鉴赏】

原野上郁郁葱葱的青草，每年都要枯黄，也会青翠茂
盛。任凭野火焚烧，也不会灭绝，春风一吹，依旧蓬勃生
长。远处古老的驿道湮没在芳草之中，一片翠绿延伸到天际
的荒城。芳草正绿，春光正好，又要送游子远去，萋萋芳草

恰似我满怀的离情。

草自有枯荣，月自有圆缺，人会有聚散，草枯尚有青翠时，人别何时再相逢，离愁恰如这春草，更深更远。

旅　宿

杜　牧

旅馆无良伴，凝情自悄然①。

寒灯思旧事，断雁②警愁眠。

远梦归侵晓③，家书到隔年。

沧江好烟月，门系钓鱼船。

【注释】

①悄然：这里是忧郁的意思。

②断雁：失群之雁。

③侵晓：破晓。

【鉴赏】

　住在旅馆里，没有一个知心的旅伴。秋夜里，我独自静思，心中无限忧郁，面对孤灯一盏，想起了许多往事，迷迷糊糊中好不容易入睡，忽然，一阵孤雁的哀鸣惊醒了我的愁眠。家乡太遥远了，到破晓时，梦才能到达。家书寄到旅馆时，已经隔了一年。沧江之上月色朦胧，烟雾缭绕。看到旅馆外的钓鱼船我也很羡慕，因为渔人的船只就系在自家门前。

　　这是一首羁旅怀乡之作。离家久远，目睹旅馆门外停泊在自家门前的渔船就十分羡慕，思乡之情可见是何等凄切。

秋日赴阙①题潼关驿楼

许　浑

　　红叶晚萧萧，长亭②酒一瓢。
　　残云归太华，疏雨过中条。
　　树色随关迥③，河声入海遥。
　　帝乡④明日到，犹自梦渔樵。

【注释】

　　①阙：指长安。

②长亭：常用作饯别处，后泛指路旁亭舍。

③迥：远。

④帝乡：指都城。

【鉴赏】

我在潼关驿楼歇息，饮着酒，观赏着秋天夕照的景致，枫叶在晚风吹拂下萧萧作响，几缕残云慢悠悠地向高峻的华山飘去，稀疏的秋雨洒落在中条山上。遥望潼关，山势绵延不断，树色也越来越远，越来越幽暗。黄河奔流入海的涛声回荡在夕照里。明天就要抵达繁华的京城长安了，不过，我仍做着逍遥自在的渔樵梦！这是一首由潼关到都城，夜宿驿站而题壁的诗。此诗写景气象壮阔，笔力雄健，展现出关中山岳河流的浩大气势，流露出诗人出仕和归隐的矛盾心理。

早 秋

许 浑

遥夜泛①清瑟，西风生翠萝。

残萤栖玉露，早雁拂金河②。

高树晓还密③，远山晴更多。

淮南一叶下，自觉洞庭波。

【注释】

①泛：弹奏。

②金河：秋天的银河。古代五行说以秋为金。

③还密：尚未凋零。

【鉴赏】

琴瑟的清音流荡在漫漫的秋夜，青萝攒动，才知西风又起。几只萤火虫栖息在凝着白露的野草上。清晨周围似乎笼罩着一层薄纱，大雁南归，好像是在银河中飞翔，高大的树木看上去也还没有凋零。

远山在朝阳的照耀下，显得格外明亮。古人说："一叶落而知天下秋。"如今淮南一叶飘落，自然知道秋天的脚步已经近了，不禁令人想起《楚辞》中的名句："袅袅兮秋风，洞庭波兮木叶下。"

蝉

李商隐

本以高难饱，徒劳恨费声。
五更疏欲断，一树碧无情。
薄宦①梗犹泛②，故园芜已平③。
烦君最相警，我亦举家清。

【注释】

①薄宦：官卑职微。

②梗犹泛：用《战国策·齐策》典，土偶人对桃梗语："今子东国之桃梗也，刻削子以为人，降雨下，淄水至，流子而去，则子漂漂者将何如耳。"这里是自伤沦落意。

③芜已平：荒芜到了杂草没胫的地步。

【鉴赏】

你生来就栖身高枝，餐风饮露，难以饱腹。你虽含恨哀鸣，也是徒然。你鸣叫到五更天，声音嘶哑，疏落之声几近断绝。可是大树依然苍翠，冷眼旁观，似无丝毫同情。我官职卑微，像桃梗一样年年漂流他乡，家园早已荒芜，杂草已能埋没小腿。多谢你的鸣叫提醒我，我全家的操守也要像你那样清高。

此诗借咏蝉以喻自身情怀。蝉餐风饮露，居高清雅，虽声嘶力竭地鸣叫，也难求一饱。诗人宦游他乡，如梗枝漂流，故园荒芜，却不能归去。因而闻蝉以自警，同病相怜。

风 雨

李商隐

凄凉《宝剑篇》，羁泊欲穷年①。
黄叶仍风雨，青楼②自管弦。
新知遭薄俗，旧好隔良缘。
心断新丰酒③，销愁斗几千？

【注释】

①"羁泊"句：意谓终年漂泊。
②青楼：此指富豪家的高楼。

③"心断"句：马周西游长安时，宿新丰旅店，店主人很冷淡，马周便要酒一斗八升，悠然独酌。后来唐太宗召其为监察御史。这里意思是说，不可能会像马周那样得到知遇了。

【鉴赏】

初唐将领郭震曾向武则天呈献《宝剑篇》，备受武则天赏识。我自忖也有如此才华，却终年漂泊他乡，抑郁不得志。我就像黄叶在风雨中飘零，而豪富之家则载歌载舞，寻欢作乐。纵有新交的朋友，也因我的处境，碍于浅薄的世风而难以持久；旧交的老友也因为久无往来而断了联系。唐初的马周，落拓时在新丰酒店受到冷遇，然而后来他却得到皇帝的赏识，位居高位。我已绝望，我哪有可能会像马周那样得到知遇。我只有借酒浇愁，不惜耗费千金。

落　花

李商隐

高阁客竟去，小园花乱飞。

参差^①连曲陌，迢递送斜晖。

肠断未忍扫，眼穿仍欲归。

芳心^②向春尽，所得是沾衣^③。

【注释】

①参差：指花影的迷离，承上句乱飞意。

②芳心：指花，也指自己看花的心意。

③沾衣：指流泪。

【鉴赏】

高阁上，曲终人散；小园里，落花随风漫天飞舞，飘落到了田间曲折的小径上，斜阳在花雨中徐徐西下。

我痛惜这如雨的落花，不忍将落红扫去。我望眼欲穿，盼来的春天却又匆匆归去。赏花的心意也随着春天的归去而消失，春去花谢，只留下我泪湿衣裳。

这是一首专咏落花的诗。表达了诗人素怀壮志，却不见用于世的凄婉和感慨。全诗洋溢着伤春惜花之感，情思如痴，委婉动人。

在古诗文中，伤春惜花的作品多如牛毛，这些文人墨客为什么喜欢见景生情，看到落花残叶就要伤心落泪呢？花总是代表着美好的东西，更代表青春年华。

人无两度再少年，无论是谁，只要少读诗书，胸有大志者，无不渴望年少有为，一展宏图，可是人生不如意者十之八九，眼看青春不再，时运不济，命运多舛，难免不生悲叹。

凉　思

李商隐

客去波平槛①，蝉休露满枝。

永怀②当此节，倚立自移时③。

北斗④兼春远，南陵寓使⑤迟。

天涯占梦数，疑误有新知。

【注释】

①槛：栏杆。

②永怀：长思。

③"倚立"句：意谓今日重立槛前，时节已由春而秋。

④北斗：指客所在之地。

⑤寓使：指传书的使者。

【鉴赏】

　　当初你离去时，春潮初涨，漫平了栏杆，如今已听不见秋鸣，树枝上挂满了露珠。我永远怀念你我在一起的美好时光，今日重倚槛前，时光如水，时节已由春至秋。你远在北方，就像已逝去的春天一样遥远，我独居南陵，送信人迟迟不送来你的消息。你我远隔天涯，我多次占卜着美梦，疑心你有了新交，把我这个老友给忘了。

　　此诗因时光流逝，对凉秋而怀旧。作者盼望友人来信，却大失所望，最终怀疑对方是否已有新交，将自己给忘了，竟有一种为人所弃的忧心。

北青萝

李商隐

残阳西入崦①，茅屋访孤僧。

落叶人何在，寒云路几层。

独敲初夜磬，闲倚一枝藤。

世界微尘里，吾宁②爱与憎。

【注释】

①崦：即崦嵫，山名，在今甘肃省天水市西。古代常用来指日落的地方。

②宁：为什么。

【鉴赏】

残阳渐渐西沉崦嵫，我上山去寻访一位住在茅草房里的高僧。只见风吹落叶，不知道他人去了何处。寒云缭绕着山路，为了寻找他，我爬过重重山路，到暮色降临的时候，才听到有钟磬之声隐约传来，顺声寻去，才见他斜倚着藤杖，独自敲打着钟磬，多么悠然自得。我想，世界万物俱在微尘之中，人在世间，更是微乎其微，既然万物皆空，又何必为那些爱与恨耿耿于怀呢？

送人东游

温庭筠

荒戍①落黄叶，浩然离故关②。

高风汉阳渡，初日郢门山。

江上几人在，天涯孤棹还。

何当③重相见，樽酒慰离颜。

【注释】

①荒戍：废弃的营垒。

②"浩然"句：指远游之志甚坚。

③何当：何时。

【鉴赏】

古垒黄叶飘零，时候已是深秋，你心怀壮志，决意要告别久居的乡关，出去闯天下。朝阳初升，汉阳渡口秋风凄紧，正好挂帆，顺风而行，便可以直达郢门山。

你孤舟漂泊天涯，可知江东还有几个友人，他们正盼你早日回归。也不知要到何时，我们才能再相见，把酒重叙别情。

诗人这首送别诗虽一洗纤丽浓艳之风，却是虎头蛇尾，起调颇高，地傍荒凉古垒，时值萧瑟深秋，但诗的结尾却无甚深意。

另外，此诗情弱味淡，晚唐诗不及盛唐诗由此诗可见一斑。

灞上秋居

马 戴

灞原风雨定，晚见雁行频。

落叶他乡树，寒灯独夜人。

空园白露滴，孤壁野僧邻。

寄卧郊扉①久，何年致此身②。

【注释】

①郊扉：指郊外的住所。

②致此身：意即以此身为国君尽力。致，尽。

【鉴赏】

灞原上，秋风秋雨已经平息，在苍茫的夜色中，频频看见大雁南飞。我眼前是一片异乡的树木，落叶纷纷飘落。秋夜里，只有孤灯陪伴着我这孤苦失意之人，静听着空寂的园子里白露滴沥的声音。我单门独户，四壁孤清，只与野僧为邻。我寄居在这荒野已经很久了，不知何时才能为朝廷尽忠效力。

　　此诗通过对秋天萧瑟的景物描写，渲染了浓浓的客愁，表达了诗人羁旅他乡，怀才不遇，进身无路的孤独与悲愁。

楚江怀古

马　戴

　　露气寒光集，微阳下楚丘。
　　猿啼洞庭树，人在木兰舟。
　　广泽生明月，苍山夹乱流。
　　云中君不见，竟夕自悲秋。

【注释】

　　①楚江：此指湘江。

　　②木兰舟：此因为在楚江而用《楚辞》中的木兰舟。木兰，小乔木，有微香。

　　③云中君：本《楚辞·九歌》篇名，为祭祀云神之作，此也因楚江而想到《九歌》。

【鉴赏】

　　薄暮时分，霜露凝聚，泛着寒光，残阳正缓缓落下楚地的山丘。洞庭湖畔的树上有猿猴在啼叫，声音十分凄厉。我乘着木兰舟在湖中泛游，浩渺的湖面上升起了明月，两岸青山夹着哗哗的溪流。我望不见云中仙君，竟彻夜不眠，独自怀古悲秋。

　　唐宣宗大中初年，诗人因直言获罪，由山西太原幕府掌书记被贬为龙阳尉，自江北来江南，行于洞庭湖畔，触景生情，加上楚地多才人，时值晚唐，更易怀古悼往，产生怀才不遇的悲叹。

书边事

张 乔

调角①断清秋，征人倚戍楼。
春风对青冢②，白日落梁州。
大漠无兵阻，穷边有客游。
蕃情似此水，长愿向南流。

250

【注释】

①调角：吹角。

②青冢：指昭君墓，在今呼和浩特市西南。传说塞外草白，昭君墓上草色独青。

【鉴赏】

悠扬的号角声划破了塞外宁静的清秋，征人悠闲地倚靠在城楼上。昭君墓上依然草色青青，好像有春风吹拂，夕阳缓缓落下边城梁州。广袤的大漠竟没有兵戈阻挡，边疆重地也有游人旅游观光。但愿蕃人的民心长如此水，永远向南流向中原。

作者游历边塞，见边塞安定，民族和睦，欣然而作此诗。写边塞平和安定，而且风物宜人，在唐诗中颇为罕见。

除夜有怀

崔　涂

迢递①三巴②路，羁危③万里身。

乱山残雪夜，孤独异乡人。

渐与骨肉远，转于僮仆亲。

那堪正飘泊，明日岁华④新。

【注释】

①迢递：迢迢，形容遥远。

②三巴：即巴郡、巴东、巴西，在今四川东部。

③羁危：指漂泊于三巴的艰险之地。

④岁华：年华。

【鉴赏】

三巴之地路途十分遥远，我历经万里艰险流落到此地。黑夜里，四周山峦错落，山上还没有化尽的积雪泛着微微的寒光。漫漫长夜，只有一支蜡烛陪伴着我这异乡客。渐渐远离家中的骨肉亲人，转而把身边的仆人当作自己的至亲。除夕之夜，本该是万家团圆，我却独在异乡，更不能忍受这漂泊之苦。唉！除夕过后，明日又是新春了呀。

这首诗写诗人漂泊在异乡，时逢除夕，更不堪漂泊之苦。远离亲眷，仆人反而成了至亲，更显其孤独。全诗语言质朴，抒情细腻。

孤 雁

崔 涂

几行归塞尽，念尔独何之。
暮雨相呼失^①，寒塘欲下迟。
渚^②云低暗度，关月冷相随。
未必逢矰^③缴^④，孤飞自可疑。

【注释】

①失：失群。

②渚：水中的小洲。

③矰：古代射鸟用的拴着丝绳的箭。

④缴：系在箭上的生丝绳，射鸟用。

【鉴赏】

一行大雁，展翅飞向边塞故土，渐渐地消失在天穹之下，而你这只孤雁，却独自盘旋低空，不知飞向何方。暮色苍茫，你在风雨中凄厉地啼叫，呼唤着丢失的伙伴。你渐渐感到体力不支，前面正好有一个池塘，你想停下来栖息，却因形单影只而内心畏惧，迟疑不下。在苍茫夜色中，乌云低垂，逼近水面小洲，你就在这样惨淡的昏暗中仓皇飞行，只有关山的冷月，伴随你孤单凄凉的哀鸣。虽然你不一定会遭到暗箭，但失群孤飞的你总不免疑惧恐慌。

诗人是江南人，一生中常在巴、蜀、湘、鄂、秦、陇一带做客，自然多天涯羁旅之思，此诗即是借咏孤雁以寄托自己孤凄忧虑的羁旅之情。今人徐培均以为此诗"字字珠玑，没有一处是闲笔；而且余音袅袅，令人回味无穷，可称五律诗中的上品"。但笔者以为此诗过于孤凄，格调低沉，没有一点生气。

春宫怨

杜荀鹤

早被婵娟①误，欲妆临镜慵②。
承恩不在貌，教妾若为容③。
风暖鸟声碎，日高花影重。
年年越溪女④，相忆采芙蓉。

【注释】

①婵娟：形态美好的样子。

②慵：懒惰、懒散。

③若为容：即为若容，为谁梳妆。若，谁。

④越溪女：西施浣纱时的女伴。

【鉴赏】

早年因我的花容月貌，我被选进了深宫，如今却被冷落。本想梳妆，对着铜镜却又变得慵懒。这首诗是代宫女抒怨的代言诗，寄托了自己不被赏识的惆怅。这是古代文人惯用的写法，借宫怨以寄托自身不遇。

章台①夜思

韦 庄

清瑟怨遥夜，绕弦风雨哀。

孤灯闻楚角②，残月下章台。

芳草已云暮，故人殊③未来。

乡书④不可寄，秋雁又南回。

【注释】

①章台：宫名，战国时建，在今陕西省西安市。

②楚角：楚地音调的角音，其声悲凉。

③殊：绝。

④乡书：指家书。

【鉴赏】

长夜中回荡着清澈的琴声，撩人幽怨，好像凄风苦雨绕弦，有无尽凄楚和悲哀。

孤灯之下，又听到楚角凄怆，西边一钩残月已经落下了章台。

韶华宛若芳草渐渐枯萎，当年的故交老友也都不来此地。

因为时局动荡，家书难寄，眼看着大雁南飞，只能望雁兴叹，不能托它捎回家书。

此诗大概是寄给越中家属的，当时，正值晚唐战乱纷起，故有"家书不可寄"之说。韦庄是以词而著名，其诗则稍有逊色。

寻陆鸿渐[1]不遇

皎 然

移家虽带郭[2]，野径入桑麻。

近种篱边菊，秋来未著花。

叩门无犬吠，欲去问西家。

报道山中去，归来每日斜。

【注释】

①陆鸿渐：即陆羽，竟陵（今湖北天门市）人，著有
《茶经》。

②郭：泛指城墙。

【鉴赏】

陆羽把家迁到外城旁，地处城乡之间，他居所附近的乡
间小路通向桑林麻田，一派田园风光。陆羽家的篱笆旁边都
种上了菊花，秋天到了，却还没有见它开放。我上前敲门，
竟连一声狗叫都没有，于是，便向西家邻居打听，邻人说他

进山去了，要到夕阳西下的时候才回来。

诗是写访友不遇，大有乘兴而来、扫兴而归的感慨。语言明白自然，毫不做作。虽未正面写陆羽，但从诗中我们领略到了这位被后人奉为"茶圣"的陆羽的隐逸之风。

该诗不讲对仗。唐诗中此种律诗亦有所见，如李白的《夜泊牛渚怀古》便是一例。

黄鹤楼①

崔　颢

昔人已乘黄鹤去，此地空余黄鹤楼。

黄鹤一去不复返，白云千载空悠悠②。

晴川历历③汉阳树，芳草萋萋鹦鹉洲④。

日暮乡关何处是？烟波江上使人愁。

【注释】

①黄鹤楼：故址在湖北武昌区，民国初年被火焚毁，传说古代有一仙人，在此乘鹤登仙。也有人作"昔人已乘白云去"。

②悠悠：久远的意思。

③历历：清晰、分明的样子。

④鹦鹉洲：在湖北省武昌区西南，根据《后汉书》记载，汉黄祖担任江夏太守时，在此大宴宾客，有人献上鹦鹉，故称鹦鹉洲。

【鉴赏】

传说中的仙人早已乘黄鹤飞去，这地方只留下空寂的黄鹤楼。黄鹤驼着仙人飞去，再也不会回来了，唯有天空中悠悠的白云，千年依旧。在天晴的时候，隔江遥望汉阳树，历历在目，鹦鹉洲的芳草郁郁葱葱，十分茂盛。时至黄昏，怅然环顾，不知何处是家乡。面对烟波浩渺的大江，心中蓦地生起思乡的愁绪。

望云思仙，仙人已去，有岁月不再之憾；仙去楼空，唯余白云，有世事渺茫之慨；泛览异乡风物而又生乡愁。诗人登临黄鹤楼，触景生情，借传说起兴，脱口而出，一气呵成，自然而宏丽，为忆古怀乡之佳作。

本诗的一大特点是虽不协律，但音节不拗口。传说李白登此楼，目睹此诗，大为折服，叹曰："眼前有景道不得，崔颢题诗在上头。"严羽也说唐人七言律诗，当以此为第一。

行经华阴

崔　颢

岩峣^①太华俯咸京，天外三峰^②削不成。
武帝祠^③前云欲散，仙人掌^④上雨初晴。
河山北枕秦关险，驿路西连汉畤^⑤平。
借问路旁名利客，何如此地学长生。

【注释】

①岩峣：高峻的样子。

②三峰：指华山最著名的三峰，即莲花、明星、玉女。

③武帝祠：即巨灵祠，汉武帝游华山，登华山顶的仙人峰，筑巨灵河神祠，故称武帝祠。

④仙人掌：即仙掌崖，与日月岩、苍龙岭等五崖如掌形，为华山奇景。

⑤汉畤：帝王祭天地、五帝之祠曰畤。汉武帝于岐州雍县南建畤，故称汉畤或雍畤。

【鉴赏】

　　站在高峻雄伟、神仙岩穴的太华山上，俯视着古都咸阳城；高耸云外的三峰，哪是人工所能削成的？巨灵河神祠前，无限烟云，聚而将散；仰视仙人掌峰顶，雨过天晴，一片青葱。华山北面紧靠函谷关，地势十分险要。

　　诗人此次行经华阴，其实与路上过客无异，都是去长安追名逐利，但一见西岳的雄伟和飘逸出尘的仙迹灵踪，诗人未免移性动情，感叹自己何苦奔波于坎坷仕途，不如在此修炼长生之术，但诗人却不直说，反而劝喻旁人，隐约曲折，潇洒自如，风流蕴藉。

望蓟门

祖　咏

燕台①一去客心惊，笳鼓喧喧汉将营。
万里寒光生积雪，三边②曙色动危旌③。
沙场烽火侵胡月，海畔云山拥蓟城。
少小虽非投笔吏④，论功还欲请长缨。

【注释】

①燕台：即黄金台。燕昭王建台，置千金于台上，以重金招天下贤士，故称"黄金台"。

②三边：汉幽、并、凉三州，其地皆在边疆，后即泛指边地。

③危旌：高扬的旗帜。

④投笔吏：汉班超家贫，常为官府抄书以谋生，曾投笔叹曰："大丈夫当立功异域以取封侯，安能久事笔砚间。"后投笔从军以功封定远侯。

【鉴赏】

诗人登上燕台眺望，被眼前雄奇的景象震惊了，汉家营中，笳鼓之声震天；远方是连绵万里的雪山，积雪的寒光蔽天塞地。曙色中，边地高悬的战旗哗哗作响，到处都燃烧着熊熊的烽火，胡地的月亮也掩映在火光之中；渤海之滨云雾缭绕的群山簇拥着蓟州城。少年时没有像班超那样胸怀大志，投笔从戎，如今我想学汉代的终军，主动请缨，建立功勋。

"大丈夫当立功异域以取封侯，安能久事笔砚间。"真是壮志凌云。读书人皓首穷经，老死牖下，又有何为？笳鼓震耳，雪光冲天，旗悬高空，月映烽火，诗人见了，怎能不生投笔从戎、欲向朝廷请缨的雄心？

九日登望仙台^①呈刘明府容

崔 曙

汉文皇帝有高台，此日登临曙色开。

三晋^②云山皆北向，二陵^③风雨自东来。

关门令尹^④谁能识，河上仙翁去不回。

且欲近寻彭泽宰，陶然共醉菊花杯^⑤。

【注释】

①望仙台：河上公曾授汉文帝以《老子》而去，后再无踪影，汉文帝遂筑台以望之，曰望仙台。

②三晋：战国时韩、魏、赵三家分晋，号称三晋，今属山西、河南北部、河北西部。

③二陵：指崤山夏后与文王的陵墓，一南一北，在今河南洛宁县北。

④关门令尹：指关尹子，名喜，函谷关掌关门的官吏。传说老子西游至函谷关，关令尹留老子著书，乃成书五千

263

言，后关尹子也随他而去。

⑤ "且欲"两句：陶潜辞去彭泽令后，九月九日无酒，至宅边菊丛中久坐，逢王弘送酒至，乃醉而后归。

【鉴赏】

重阳佳节，秋高气爽，旭日初升，曙光万道，我兴致勃勃地登临汉文帝在西山建造的望仙台，见三晋高耸入云的山岭都向北蜿蜒，嵩山南北二岭风雨从东而来。有谁认识早已成仙的当年函谷关的令尹呢？河上仙翁授予汉文帝《老子》之后，也一去不复返。仙人无处寻，不如就近去探望如陶潜一般高洁的刘明府，一起在菊花丛中举杯同饮，闲适快乐，同醉花间。诗人清高，欲与神仙共游，可是仙人一去不复返。其实，不必远求神仙，就近寻如陶渊明一样高洁的刘明府即可。诗人对刘明府的赞美已意在言外。

送魏万之京

李 颀

朝闻游子唱离歌，昨夜微霜初度河。

鸿雁不堪愁里听，云山况是客中过。

关城^①曙色催寒近，御苑^②砧声向晚多。

莫是长安行乐处，空令岁月易蹉跎^③。

【注释】

①关城：此指潼关，在陕西省东部。

②御苑：皇帝的园林，此借指京城。

③蹉跎：虚度光阴。

【鉴赏】

昨夜微霜布满天，今朝游子唱着别离的歌渡过黄河。正是离愁别苦，落寞的过客怎忍听飞过云山的鸿雁发出的声声哀鸣。你到达潼关城内，也许天刚破晓，会感到愈加寒冷。黄昏时，可能已抵达京城，你能听到从京城园林里传来阵阵捣衣声。望君莫把长安当成行乐的地方，枉度岁月，虚掷光阴。

微霜初落，深秋萧瑟。诗人送别魏万上京。魏万曾求仙学道，隐居王屋山，天宝年间，因仰慕李白，南下吴越寻访，行程三千余里，为李白所赏识。魏万是比李颀晚一辈的诗人，然而两人却是十分亲密的"忘年交"，故诗的末句言长安虽乐，不要虚掷光阴，要赶紧成就一番事业。诗人在诗中殷殷嘱咐，颇有长者风度。

送李少府贬峡中王少府贬长沙

高 适

嗟君此别意何如，驻马衔杯^①问谪居。

巫峡啼猿数行泪，衡阳^②归雁几封书。

青枫江上秋帆远，白帝城边古木疏。

圣代即今多雨露，暂时分手莫踌躇^③。

【注释】

①衔杯：即喝酒。

②衡阳：今属湖南。相传每年秋天，北方的南飞之雁，至衡阳的回雁峰，便折回北方。这是由长沙想到衡阳，意思是要王少府到长沙后多写信来。

③踌躇：这里是烦恼的意思。

【鉴赏】

我叹息与二位分别，不知你们心境如何？二位请停下马，我们再饮几杯，说说二位要去的地方。李少府此去巫峡，巫峡上凄厉的猿啼催人泪下，这峡中乃荒凉之地啊！王少府到衡阳，鸿雁到衡山北回，足见那也是人迹罕至的偏僻之地啊！只希望衡阳北回的归雁带给我你的消息。去长沙的可以见到青枫江上远航的秋帆；往巴东的可以见到白帝城边参天的古木。如今是清明盛世，皇恩浩荡，有如雨露普降，我们的别离只是暂时的，请不要烦恼，二位很快就会被召回，重新聚首指日可待。

这样的诗十分少见，一首诗写送两位被贬官的友人，实在不易。诗末说皇帝圣明，分手是暂时的，很快又能相聚，似乎没有什么说服力。如此安慰人，是不是有点自欺欺人？

登金陵凤凰台①

李 白

凤凰台上凤凰游，凤去台空江自流。
吴宫②花草埋幽径，晋代③衣冠④成古丘。
三山半落青天外，二水⑤中分白鹭洲。
总为浮云能蔽日⑥，长安不见使人愁。

【注释】

①凤凰台：故址在南京凤凰山。相传古有异鸟集于山，被视为凤凰，遂筑此台。

②吴宫：三国时孙权曾于金陵（今南京）建都，筑太初、昭明二宫。

③晋代：指东晋，南渡后也建都于金陵，豪门贵族聚集于此。

④衣冠：指当时的名门贵族。

⑤二水：一作"一水"。秦淮河流经南京后，西入长江，白鹭洲横截其间，乃分水为二支。

⑥浮云蔽日：喻奸邪当道，障蔽贤良。

【鉴赏】

古老的凤凰台上，曾有凤凰翔集翱翔，如今凤去台空，唯见长江水滚滚东流，万古不息。三国吴都的繁华已埋没于荒草幽径之中。晋代住在金陵的名门望族，也都成了古墓荒丘。高耸的三山有半截被云雾遮掩在青天之外，若隐若现，似有还无；江中的白鹭洲把秦淮河分割成二派支流。朝中那些奸佞小人包围君王，迷惑圣听，障蔽贤良，就像那浮云遮蔽白日的光辉。登高却不见长安城，想起自己满腹经纶，不能报效君王，怎不使人发愁？

诗人受谗，赐金放还，南游金陵，登凤凰台，感叹凤去台空，六朝繁华，一去不返；吴晋风流，已成荒丘野冢，灰飞烟灭。诗人本该参悟富贵若浮云，功名恰似那半落天外的三山，若隐若现，似有还无。万事都将如同那滚滚长江东流水，转眼成空。然而，诗人依然忧国伤时，心系长安，爱君之热忱不减，真是痴情不改。只是无奈奸佞当道，才高傲世、风流倜傥、狂放不羁的诗人，怎能和那些营营之辈当朝共事？

历朝历代，有奸亦有忠，若忠良之士都像李白这样恃才放旷，不能小忍，收敛个性，以大局为重，岂不是朝中忠臣良将尽皆游山玩水，酗酒无度，放荡不羁，那国必将不国。不过，李白不狂傲，就不成其为李白，历史上也就不会有"诗仙"。

和贾至舍人《早朝大明宫》之作

岑 参

鸡鸣紫陌^①曙光寒，莺啭皇州春色阑^②。
金阙晓钟开万户，玉阶仙仗^③拥千官。

花迎剑佩星初落，柳拂旌旗露未干。

独有凤凰池④上客，阳春⑤一曲和皆难。

【注释】

①紫陌：京城的道路。

②阑：残，将尽。

③仙仗：指皇帝的仪仗。

④凤凰池：亦称凤池，指中书省。

⑤阳春：古曲名，宋玉《对楚王问》载有"其为《阳春》《白雪》，国中属而和者数十人而已也"。后以此比喻曲高和寡的作品。

【鉴赏】

鸡刚报晓，曙光略带微寒，洒在长安的街道上。黄莺鸣啭，清脆悦耳，长安城里已是春意阑珊。望楼晓钟响过，千万扇宫门一起打开；玉阶前仪仗林立，簇拥百官进入朝堂。

启明星刚落，宫殿中的鲜花已绽开笑靥迎着朝臣的剑佩；垂柳随风摇曳，轻拂旌旗，柳叶上的露珠在晨曦中晶莹闪亮。

凤池中的舍人贾至，写出阳春白雪一样高雅的早朝诗，赞美如此浩大的场面，我等才疏学浅，要与君唱和，甚为困难。

这是以咏"早朝"为题的唱和诗，内容极尽铺陈早朝的庄严隆重，无甚价值。末联点出酬和之意，推崇对方，以示谦卑，有迎合之嫌。

和贾至舍人《早朝大明宫》之作

王　维

绛帻①鸡人②报晓筹，尚衣③方进翠云裘。
九天阊阖④开宫殿，万国衣冠拜冕旒⑤。
日色才临仙掌动，香烟欲傍衮龙浮。
朝罢须裁五色诏，佩声归到凤池头。

【注释】

①绛帻：大红色头巾。

②鸡人：古代宫中，天将亮时，有头戴红巾的卫士，于朱雀门外高声喊叫，以警百官，好像鸡鸣，故名鸡人。

③尚衣：官名。隋唐有尚衣局，掌管皇帝的衣服。

④阊阖：传说中的天门。

⑤冕旒：古代帝王、诸侯及卿大夫的礼冠。旒，冠前后

悬垂的玉串，天子之冕有十二旒。这里指皇帝。

【鉴赏】

头上裹着大红包头布的"鸡人"已在朱雀门外报过五更筹了，负责管理皇帝服装的尚衣向皇帝呈上翠云裘；宛若在九重天的天门一样高远的宫门一道道打开了，各方来朝贡的使节络绎不绝。

太阳刚刚升起，皇帝的銮舆就到了，御炉的香烟缭绕，皇帝龙袍上的锦绣闪着光。早朝完毕后，还要回中书省替皇帝草拟诏书，身上戴的玉佩沿路作响，如水落深潭之音。

本诗是描写朝拜庄严华贵的唱和诗，内容无甚可取，有阿谀朝廷之嫌。看来"诗佛"早年也流俗了，也许是人在官场，身不由己。

龙颜稍不悦，悲戚几十年。文人两只眼睛直勾勾地盯着皇帝那张脸，不敢有丝毫大意，否则，就只有放浪山林，从此诗文尽是凄凄惨惨戚戚。

附《早朝大明宫呈两省僚友贾至》：银烛朝天紫陌长，禁城春色晓苍苍。千条弱柳垂青琐，百啭流莺绕建章。剑佩声随玉墀步，衣冠身惹御炉香。共沐恩波凤池里，朝朝染翰侍君王。

积雨辋川庄作

王 维

积雨空林烟火迟，蒸藜炊黍饷东菑[①]。
漠漠水田飞白鹭，阴阴夏木[②]啭黄鹂。
山中习静观朝槿，松下清斋[③]折露葵[④]。
野老与人争席罢[⑤]，海鸥何事更相疑[⑥]。

【注释】

①饷东菑：致送东边田地上的农人。饷，致送。菑，本义指初耕的田地，这里泛指田亩。

②夏木：高大的树木。夏，大。

③清斋：这里是素食的意思。

④露葵：经霜的葵菜。葵为古代重要的蔬菜，有"百菜之主"之称。

⑤"野老"句：据《庄子·寓言》记载，阳子居学道归来后，客人不再让座，还与之争座。这里用"争席罢"说明诗人退隐山林，与世无争。

⑥"海鸥"句：据《列子·黄帝》记载，海上有人与鸥鸟亲近，每日有百来只与他相游，互不猜疑。一天，他依父亲的要求把鸥鸟捉回了家。下次他再到海边时，鸥鸟都在天上飞舞，不肯停下与他玩耍。

【鉴赏】

寂寞林中，阴雨绵绵，炊烟缓缓上升。农家烧好饭菜，送给村东耕耘的人。

在那片广阔的水田上空，一行白鹭掠空而过；茂密的林中传来黄鹂婉转的啼声。我居住在这深山老林之中，修身养性，观赏朝槿朝开夕谢，领悟到人生枯荣无常；在幽静的松树下采摘带露的葵叶做菜，事佛参禅，信守斋戒，过着清净的生活。我这个村夫野老，已经远离尘嚣，与世无争，可是海鸥为何不飞下来与我亲近，难道还对我怀疑不成？

连雨时节，天阴地湿，炊烟缓升，农家早炊，饷田野食。

广漠平畴，白鹭飞行，深山密林，黄鹂和唱。独处空山之中，幽栖松林之下，观木槿，食露葵，避尘世。诗人淡泊的心志尽在其中。

酬郭给事^①

王　维

洞门高阁霭余晖，桃李阴阴柳絮飞。
禁里^②疏钟官舍晚，省中啼鸟吏人稀。
晨摇玉佩趋金殿，夕奉天书拜琐闱^③。
强欲从君无那^④老，将因卧病解朝衣。

【注释】

①给事：官名，即给事中，门下省的要职。
②禁里：指宫中。宫中禁卫森严，故曰"禁"。
③琐闱：指宫门。琐，门窗上的连环形花纹。
④无那：无奈。

【鉴赏】

　　宫门殿阁沐浴在夕阳的余晖里，庭院中桃李茂密成荫，柳絮随风飞扬。夜色降临，皇宫中传出稀稀落落的钟声。门下省里冷冷清清，只有鸟雀啼叫。凌晨，您来到金銮殿朝拜圣上，身上的佩玉发出叮叮之音。傍晚，又捧着诏书出官门去传达圣命，不辞辛劳。我本想随您进退，无奈年迈体衰，力不从心，常常卧病在床，只得脱下朝衣归隐。

这是一首唱和诗，郭给事有诗给王维，王维酬和之。所写的不过是一些客套话而已。末尾两句反映出诗人有归隐之意。

客　至

杜　甫

舍南舍北皆春水，但见群鸥日日来。
花径不曾缘客扫，蓬门今始为君开。
盘飧①市远无兼味②，樽酒家贫只旧醅③。
肯与邻翁相对饮，隔篱呼取尽余杯④。

【注释】

①盘飧：泛指菜肴。飧，熟菜。

②兼味：几种食品，意谓菜肴丰盛。

③旧醅：隔年的陈酒。

276

④余杯：剩下的酒。

【鉴赏】

　　我的家舍建在浣花溪畔，房南屋北春水环绕，环境还挺不错，平常只见鸥群日日结队飞来，我与这些水鸟相亲，陶然忘忧，满心喜悦。草堂初成，老夫还不曾因为来客而打扫花径，今天，这柴门有幸为您打开。因离街市太远，盘中菜肴简单；因家境清贫，只有陈酒招待。不知能否邀请邻居老翁一块儿同饮，待我隔着篱笆请他过来，一起喝完这余下的酒。此诗是在成都草堂落成后所作。诗人久经离乱，草堂落成，安居成都，心里自然特别高兴。全诗如话家常，自然浑成。

野　望

杜　甫

西山白雪三城①戍，南浦清江万里桥②。
海内风尘③诸弟隔，天涯涕泪一身遥。
惟将迟暮供多病，未有涓埃④答圣朝。

跨马出郊时极目，不堪人事日萧条。

【注释】

①三城：指松（今四川松潘县）、维（故城在今四川理县西）、保（故城在理县西北）三州。三城为蜀边要镇，吐蕃经常来犯，故驻军镇守。

②万里桥：在成都城南。蜀汉费祎出访吴国，临行时曾对诸葛亮说："万里之行，始于此桥。"故名。

③风尘：比喻战乱。

④涓埃：丝毫，微末。

【鉴赏】

西山上终年积雪，因吐蕃军时常来犯，松、维、保三城都驻有重兵防守。南郊外的万里桥，横跨锦江。海内连年战乱，兄弟离散，音讯阻隔，彼此天涯海角。我孑然一身，颠沛流离，好不凄怆。思念兄弟，不禁老泪纵横。我自幼胸怀经世治国的大志，可至今寸功未立，无以报答贤明的君王，唯有将迟暮的年月，交与多病之躯。我独自一人骑马郊游，极目远眺，想起国无宁日，战事不息，百姓疲于奔命，世事日渐萧条，就忧伤不已。

杜甫在《月夜忆舍弟》中写道："有弟皆分散，无家问死生。"战火不息，家国罹难，兄弟天各一方，自己年老多病，已无法实现自己的理想，常常念及手足亲人，这的确是一个垂老多病的老人常会有的伤感。

闻官军收河南河北

杜 甫

剑外忽传收蓟北，初闻涕泪满衣裳。

却看①妻子愁何在？漫②卷诗书喜欲狂。

白日放歌须纵酒，青春做伴好还乡③。

即从巴峡穿巫峡，便下襄阳向洛阳④。

【注释】

①却看：回头看。

②漫：随手。

③"青春"句：意谓春光明媚，鸟语花香，还乡时并不寂寞。

④"即从"两句：想象中的还乡路线，即出峡东下，由水路抵襄阳，然后由陆路向洛阳。

【鉴赏】

　　我在剑南梓州，忽然听说唐军已收复叛军老巢蓟北的消息，喜极而泣，泪水浸湿了衣裳。回头看看妻儿，都喜形于色，忧愁已不知何处去了。随手收拾诗书，我高兴得都快要发狂了，虽还是白昼，也毫无顾忌，开怀痛饮，放声歌唱。此诗作于代宗广德元年（763）春，当时诗人正在梓州（今四川三台县）避乱。这一年，史朝义（史思明之子）兵败自缢，其部将田承嗣、李怀仙割下他的首级，举地降唐，河南、河北相继收复，延续近八年之久的安史之乱，终于结束了。

登　高

杜　甫

风急天高猿啸哀，渚清沙白鸟飞回。

无边落木①萧萧下，不尽长江滚滚来。

万里悲秋常作客，百年②多病独登台。

艰难苦恨繁霜鬓③，潦倒新亭④浊酒杯。

【注释】

①落木：落叶。

②百年：指一生。

③繁霜鬓：耳边白发一天天地增多。

④新亭：指当时杜甫刚刚因病戒酒。亭，通"停"。

【鉴赏】

秋日本应天高气爽，而在夔州峡口却是猎猎多风，峡中不断传来猿猴的长啸，凄厉悲切；俯眺小洲清浅，江沙银白，鸥鹭迎风飞舞，不停地盘旋。仰望四野茫无边际、萧萧飘落的树叶，俯视奔流不息、滚滚而来的江水。今又逢重阳，独上高台，想起自己离乡万里、年老多病的处境，心中涌起无限悲愁，就像江水一样，无边无际、滚滚而来。一生备尝艰难潦倒之苦，国难家仇使自己白发一天天增多，加上最近因病断酒，无限悲伤更无以排遣。

此诗作于大历二年（767）秋，当时诗人羁旅夔州。全诗句句押韵，是杜诗中"沉郁顿挫"的代表作。胡应麟《诗薮》盛赞"此当为古今七律第一"。

蜀 相①

杜 甫

丞相祠堂何处寻？锦官城外柏森森。

映阶碧草自春色，隔叶黄鹂空好音。

三顾频烦天下计，两朝开济②老臣心。

出师未捷身先死③，长使英雄泪满襟！

【注释】

①蜀相：三国时蜀国丞相诸葛亮。

②开济：指帮助刘备开国和辅佐刘禅继位。

③"出师"句：蜀汉建兴十二年（234），诸葛亮出师伐魏，据五丈原（在今陕西眉县西南），与魏司马懿对峙于渭水百余日。同年八月病死军中，诸葛亮时年五十四岁。

【鉴赏】

三国贤相武侯诸葛亮的祠堂在哪儿寻找呢？在成都郊外柏树茂密的地方。碧草迎春，阶前绿满，荒无人迹，只见祠堂而不见丞相，树叶茂密，黄鹂空有好音，却无人赏听。遥想当年，先主刘备三顾茅庐拜访丞相，请教安定天下的大计，恭请丞相出山辅佐。丞相你辅佐先主开国，创立"三分天下"的伟业，扶助后主刘禅继业，忠心耿耿，鞠躬尽瘁，死而后已。建兴十二年，你出师伐魏，征战未捷却病死军中，让历代英雄感慨无限，痛切惋惜，泪湿衣襟。

此诗大概作于肃宗上元元年（760）。诗人初到成都，游览武侯祠，称颂诸葛亮辅佐两朝，才略过人，惋惜其天不假年，大功未竟身先死。本诗既反映了诗人尊蜀抑魏的正统观念，也寄寓了其才困时艰的感慨。诗人历经玄、肃两朝，遭放逐、受弃捐，何曾有君王一顾？

登 楼

杜 甫

花近高楼伤客心，万方多难此登临。
锦江春色来天地①，玉垒浮云变古今②。
北极朝廷终不改③，西山寇盗④莫相侵。
可怜后主还祠庙，日暮聊为梁甫吟⑤。

【注释】

①来天地：与天地俱来。

②变古今：与古今俱变。

③"北极"句：广德元年（763）十月，吐蕃攻陷长安，立广武王李承宏为帝，代宗至陕州（今河南三门峡市陕州区），后郭子仪收复京城，转危为安。此句喻吐蕃虽陷京立帝，朝廷始终如北极星那样不稍移动。

④西山寇盗：指吐蕃。广德元年十二月，吐蕃又攻陷松、维、保三州（皆在四川境内）及云山新筑二城，后剑南西川诸州也入吐蕃。

⑤梁甫吟：乐府篇名。相传诸葛亮隐居时喜欢吟诵《梁甫吟》，《三国志·诸葛亮传》载："亮躬耕陇亩，好为《梁甫吟》。"

【鉴赏】

此诗作于代宗广德二年（764），当时诗人寄居成都。

诗人登楼眺望，春色无边，而国家多难，风云变幻，因此感时抚事，不免伤感。此诗的格律严谨，对仗工整，清代沈德潜以为"气象雄伟，笼盖宇宙，此杜诗之最上者"。